中國語言文字研究輯刊

二一編

許 學 仁 主編

第 **4** 冊

甲骨氣象卜辭類編
（第二冊）

陳 冠 榮 著

花木蘭文化事業有限公司

國家圖書館出版品預行編目資料

甲骨氣象卜辭類編（第二冊）／陳冠榮 著 -- 初版 -- 新北市：

花木蘭文化事業有限公司，2021〔民110〕

目 18+130 面；21×29.7 公分

（中國語言文字研究輯刊 二一編；第4冊）

ISBN 978-986-518-657-9（精裝）

1. 甲骨文 2. 古文字學 3. 氣象 4. 研究考訂

802.08 110012600

ISBN-978-986-518-657-9

9 789865 186579

中國語言文字研究輯刊

二一編　　第四冊　　　　　　　　ISBN：978-986-518-657-9

甲骨氣象卜辭類編（第二冊）

作　　者　陳冠榮
主　　編　許學仁
總 編 輯　杜潔祥
副總編輯　楊嘉樂
編　　輯　許郁翎、張雅淋、潘玟靜　美術編輯　陳逸婷
出　　版　花木蘭文化事業有限公司
發 行 人　高小娟
聯絡地址　235 新北市中和區中安街七二號十三樓
　　　　　電話：02-2923-1455／傳真：02-2923-1452
網　　址　http://www.huamulan.tw 信箱 service@huamulans.com
印　　刷　普羅文化出版廣告事業
初　　版　2021 年 9 月
全書字數　451664 字
定　　價　二一編 18 冊（精裝）　台幣 54,000 元　　版權所有 · 請勿翻印

甲骨氣象卜辭類編
（第二冊）

陳冠榮 著

第一冊

凡　例

甲骨著錄簡稱表

甲骨分期與斷代表

《甲骨文字編》字形時代之代號說明

第一章　緒　論 …………………………………………… 1

第一節　研究動機與目的 …………………………… 1

第二節　研究對象與材料 …………………………… 2

第三節　研究範圍與限制 …………………………… 2

壹、氣象卜辭之定義 …………………………… 2

貳、氣象卜辭之界定 …………………………… 3

參、材料限制 …………………………………… 4

一、辭例限制 …………………………………… 4

二、年代限制 …………………………………… 5

第四節　研究方法與步驟 …………………………… 6

壹、文字考釋與卜辭識讀 …………………… 6

貳、氣象卜辭的揀選 ………………………… 7

第五節　文獻探討 …………………………………… 8

第六節　預期成果 ………………………………… 11

第二章　甲骨氣象卜辭類編──降水 ………………… 13

第一節　雨 ………………………………………… 13

壹、雨字概述與詞項義類 ………………… 13

一、表示時間長度的雨 ……………………… 15

二、表示程度大小的雨 ……………………… 20

三、標示範圍或地點的雨 …………………… 29

四、描述方向性的雨 ………………………… 30

五、與祭祀相關的雨 ………………………… 32

六、與田獵相關的雨 ………………………… 40

七、對雨的心理狀態 ………………………… 41

八、一日之內的雨 …………………………… 44

九、一日以上的雨 …………………………… 53

十、描述雨之狀態變化 ……………………… 58

貳、表示時間長度的雨 …………………… 58

一、聯雨 ……………………………………… 58

二、征雨 …………………………………………… 61

三、盧雨 …………………………………………… 70

四、常雨 …………………………………………… 70

參、表示程度大小的雨 …………………………… 71

一、大雨 …………………………………………… 71

二、小雨／雨小 ………………………………… 71

三、雨少 …………………………………………… 73

四、多雨／雨多 ………………………………… 73

五、从雨 …………………………………………… 74

六、贊雨 …………………………………………… 74

肆、標示範圍或地點的雨 ………………………… 75

一、雨・在／在・雨 …………………………… 75

伍、描述方向性的雨 ……………………………… 77

一、東、南、西、北——雨 …………………… 77

二、各雨／正雨 ………………………………… 80

陸、與祭祀相關的雨 ……………………………… 80

一、煑——雨 …………………………………… 80

二、酚——雨 …………………………………… 87

三、秦——雨 …………………………………… 89

四、侑——雨 …………………………………… 92

五、蒦——雨 …………………………………… 92

六、叙——雨 …………………………………… 95

七、舞——雨 …………………………………… 96

八、寧——雨 …………………………………… 96

九、宜——雨 …………………………………… 97

十、卯——雨 …………………………………… 97

十一、曹雨／燮雨 ……………………………… 98

十二、呑雨 ……………………………………… 98

十三、祭牲——雨 ……………………………… 100

柒、與田獵相關的雨 ……………………………… 103

一、田・雨 ……………………………………… 103

二、狩獵・雨 …………………………………… 107

捌、對降雨的心理狀態 …………………………… 109

一、弓雨 ………………………………………… 109

二、弜雨 ………………………………………… 112

三、不雨 ……………………………………………117

四、弗雨 ……………………………………………122

五、亡雨 ……………………………………………124

六、正雨 ……………………………………………129

七、壱雨 ……………………………………………130

八、求‧雨 …………………………………………131

九、雨——吉 ………………………………………138

十、令雨 ……………………………………………140

玖、一日之內的雨 …………………………………141

一、夙——雨 ………………………………………141

二、旦——雨 ………………………………………143

三、明——雨 ………………………………………144

四、朝——雨 ………………………………………146

五、大采——雨 ……………………………………146

六、大食——雨 ……………………………………147

七、中日——雨 ……………………………………149

八、昃——雨 ………………………………………151

九、小采——雨 ……………………………………152

十、郭兮——雨 ……………………………………154

十一、昏——雨 ……………………………………155

十二、暮——雨 ……………………………………156

十三、闌昃——雨 …………………………………157

十四、夕——雨 ……………………………………157

十五、中脉——雨 …………………………………165

十六、寐——雨 ……………………………………165

十七、人定——雨 …………………………………165

十八、夗——雨 ……………………………………166

拾、一日以上的雨 …………………………………167

一、今——雨 ………………………………………167

二、湄日——雨 ……………………………………174

三、翌——雨 ………………………………………178

四、旬——雨 ………………………………………181

五、月——雨 ………………………………………183

六、生——雨 ………………………………………187

七、來——雨 ………………………………………188

八、季節——雨 ………………………………189

拾壹、描述雨之狀態變化 ………………………191

一、既雨 …………………………………191

二、允雨 …………………………………191

第二節　雪 …………………………………197

壹、雪字概述與詞項義類 ………………………197

貳、一日之內的雪 ………………………………198

一、夕‧雪 ………………………………198

參、與祭祀相關的雪 ……………………………199

一、煑‧雪 ………………………………199

肆、混和不同天氣現象的雪 ……………………199

一、雪‧雨 ………………………………199

二、風‧雪 ………………………………200

第二冊

第三章　甲骨氣象卜辭類編——雲量 …………201

第一節　啟 …………………………………201

壹、啟字概述與詞項義類 ………………………201

貳、表示時間長度的啟 …………………………206

一、征啟 …………………………………206

參、程度大小的啟 ………………………………207

一、大啟 …………………………………207

肆、與祭祀相關的啟 ……………………………208

一、祭名‧啟 ……………………………208

二、犧牲……啟 …………………………208

伍、與田獵相關的啟 ……………………………209

一、田‧啟 ………………………………209

二、獵獸‧啟 ……………………………209

陸、對啟的心理狀態 ……………………………210

一、不啟 …………………………………210

二、弗啟 …………………………………211

三、亡啟 …………………………………211

四、令‧啟 ………………………………212

五、啟——吉 ……………………………212

柒、一日之內的啟 ………………………………213

一、明——啟 ……………………………213

二、大采──啟 …………………………………214

三、食──啟 ……………………………………214

四、中日──啟 …………………………………215

五、昃──啟 ……………………………………215

六、小采──啟 …………………………………216

七、郭兮──啟 …………………………………216

八、小食──啟 …………………………………216

九、夕──啟 ……………………………………217

十、闌昃──啟 …………………………………219

捌、一日以上的啟 …………………………………219

一、今・啟 ……………………………………219

二、翌・啟 ……………………………………221

三、旬・啟 ……………………………………223

四、啟・月 ……………………………………223

玖、描述啟之狀態變化 ……………………………223

一、允・啟 ……………………………………223

第二節　陰 …………………………………………225

壹、陰字概述與詞項義類 …………………………225

貳、表示時間長度的陰 ……………………………228

一、征陰 ………………………………………228

參、與祭祀相關的陰 ………………………………229

一、酚・陰 ……………………………………229

二、犧牲……陰 ………………………………229

肆、與田獵相關的陰 ………………………………229

一、田・陰 ……………………………………229

伍、對陰的心理狀態 ………………………………230

一、陰・不 ……………………………………230

陸、一日之內的陰 …………………………………230

一、明陰 ………………………………………230

二、陰・大采 …………………………………230

三、陰・大食 …………………………………231

四、昃・陰 ……………………………………231

五、夕・陰 ……………………………………231

柒、一日以上的陰 …………………………………232

一、今──陰 …………………………………232

二、翌——陰 ……………………………………………232

三、陰——月 ……………………………………………233

捌、描述陰之狀態變化 …………………………………233

一、允陰 ……………………………………………233

玖、混和不同天氣現象的陰 ……………………………234

一、陰‧雨 …………………………………………234

二、陰‧啟 …………………………………………234

三、陰‧風 …………………………………………235

第三節　雲 …………………………………………………235

壹、雲字概述與詞項義類 ………………………………235

貳、表示程度大小的雲 …………………………………238

一、大雲 ……………………………………………238

二、从雲 ……………………………………………238

參、描述方向性的雲 ……………………………………238

一、各雲 ……………………………………………238

二、雲‧自 …………………………………………239

肆、與祭祀相關的雲 ……………………………………239

一、煑‧雲 …………………………………………239

二、酚‧雲 …………………………………………240

三、雲‧犧牲 ………………………………………240

伍、對雲的心理狀態 ……………………………………240

一、壱雲 ……………………………………………240

二、雲——大吉 ……………………………………241

陸、一日之內的雲 ………………………………………241

一、雲……昃 ………………………………………241

二、雲……夕 ………………………………………242

柒、混和不同天氣現象的雲 ……………………………243

一、雲‧雨 …………………………………………243

二、雲‧啟 …………………………………………243

三、雲‧虹 …………………………………………244

四、風‧雲 …………………………………………244

五、雲‧雷 …………………………………………245

第四章　甲骨氣象卜辭類編——陽光 ……………………247

第一節　晴 …………………………………………………247

壹、晴字概述與詞項義類 ………………………………247

貳、表示時間長度的晴 ……………………………………249

一、倏晴 ……………………………………………249

參、表示程度大小的晴 ……………………………………250

一、大晴 ……………………………………………250

肆、對晴的心理狀態 ………………………………………250

一、不‧晴 …………………………………………250

伍、一日之內的晴 …………………………………………250

一、小采‧晴 ………………………………………250

二、食日‧晴 ………………………………………251

三、夕‧晴 …………………………………………251

陸、一日以上的晴 …………………………………………253

一、翌‧晴 …………………………………………253

二、晴‧月 …………………………………………253

第二節　暈 ……………………………………………………253

壹、暈字概述與詞項義類 …………………………………253

貳、描述方向性的暈 ………………………………………255

一、自……暈 ………………………………………255

參、對暈的心理狀態 ………………………………………255

一、不暈 ……………………………………………255

肆、一日以上的暈 …………………………………………256

一、暈……月 ………………………………………256

伍、混和不同天氣現象的暈 ………………………………256

一、暈‧雨 …………………………………………256

二、雲‧雨‧暈 ……………………………………256

三、暈‧啟 …………………………………………257

第三節　虹 ……………………………………………………257

壹、虹字概述與詞項義類 …………………………………257

貳、一日之內的虹 …………………………………………258

一、旦……虹 ………………………………………258

二、昃……虹 ………………………………………259

參、描述方向性的虹 ………………………………………259

一、虹‧方向 ………………………………………259

第五章　甲骨氣象卜辭類編──風 ………………………261

第一節　風 ……………………………………………………261

壹、風字概述與詞項義類 …………………………………261

貳、表示時間長度的風 …………………………………………266
　　一、征風 …………………………………………266
參、表示程度大小的風 …………………………………………267
　　一、大風 …………………………………………267
　　二、𢿌風 …………………………………………267
　　三、𡥈風 …………………………………………267
　　四、小風 …………………………………………268
肆、描述方向性的風 …………………………………………268
　　一、風・自 …………………………………………268
伍、與祭祀相關的風 …………………………………………268
　　一、寧風 …………………………………………268
　　二、帝風 …………………………………………269
　　三、犧牲・風 …………………………………………269
陸、與田獵相關的風 …………………………………………270
　　一、田・風 …………………………………………270
　　二、獵獸・風 …………………………………………270
柒、對風的心理狀態 …………………………………………271
　　一、不・風 …………………………………………271
　　二、亡・風 …………………………………………272
　　三、風・壱 …………………………………………272
捌、一日之內的風 …………………………………………272
　　一、大采・風 …………………………………………272
　　二、中日・風 …………………………………………273
　　三、小采……風 …………………………………………273
　　四、夕・風 …………………………………………274
　　五、中彔……風 …………………………………………275
玖、一日以上的風 …………………………………………275
　　一、今日・風 …………………………………………275
　　二、湄日・風 …………………………………………276
　　三、翌・風 …………………………………………276
　　四、風・月 …………………………………………277
拾、描述風之狀態變化 …………………………………………278
　　一、允・風 …………………………………………278
拾壹、混和不同天氣的風 …………………………………………278
　　一、風・雨 …………………………………………278

二、風‧雪 ……………………………………278

三、風‧陰 ……………………………………279

四、啟‧風 ……………………………………279

五、風‧雷 ……………………………………280

第六章　甲骨氣象卜辭類編——雷 ………………281

第一節　雷 …………………………………………281

壹、雷字概述與詞項義類 …………………281

貳、表示時間長度的雷 ……………………283

一、盧雷 ……………………………………283

參、對雷的心理狀態 ………………………283

一、令雷 ……………………………………283

肆、一日之內的雷 …………………………283

一、大采‧雷 ………………………………283

伍、混和不同天氣現象的雷 ………………284

一、雷‧雨 …………………………………284

二、雲‧雷 …………………………………284

三、雲‧雷‧風 ……………………………284

四、雲‧雷‧風‧雨 ………………………285

第七章　疑為氣象字詞探考例 ……………………287

第一節　霓 …………………………………………287

第二節　𩅞 …………………………………………291

第三節　阱 …………………………………………293

第四節　泉 …………………………………………296

第八章　殷商氣象卜辭綜合探討 …………………297

第一節　一日內的氣象卜辭概況 …………………297

第二節　氣象卜辭與月份的概況 …………………303

第三節　天氣與田獵的關係 ………………………305

第四節　天氣與祭祀的關係 ………………………310

第九章　結論及延伸議題 …………………………313

參考書目 ……………………………………………319

第三冊

第二章　甲骨氣象卜辭類編——降水卜辭彙編

………………………………………2‧1‧2－1

第一節　雨 ………………………………2‧1‧2－1

貳、表示時間長度的雨 …………2‧1‧2－1

　　　　一、聯雨 ……………………… 2‧1‧2－1

　　　　二、征雨 ……………………… 2‧1‧2－2

　　　　三、盧雨 ……………………… 2‧1‧2－22

　　　　四、崇雨 ……………………… 2‧1‧2－24

　　　參、表示程度大小的雨 ……… 2‧1‧3－1

　　　　一、大雨 ……………………… 2‧1‧3－1

　　　　二、小雨／雨小 …………… 2‧1‧3－23

　　　　三、雨少 ……………………… 2‧1‧3－30

　　　　四、多雨／雨多 …………… 2‧1‧3－31

　　　　五、从雨 ……………………… 2‧1‧3－34

　　　　六、贊雨 ……………………… 2‧1‧3－40

　　　肆、標示範圍或地點的雨 …… 2‧1‧4－1

　　　　一、雨‧在／在‧雨 ……… 2‧1‧4－1

　　　伍、描述方向性的雨 ………… 2‧1‧5－1

　　　　一、東、南、西、北——雨 … 2‧1‧5－1

　　　　二、各雨／定雨 …………… 2‧1‧5－7

　　　陸、與祭祀相關的雨 ………… 2‧1‧6－1

　　　　一、煑——雨 ………………… 2‧1‧6－1

　　　　二、酚——雨 ………………… 2‧1‧6－8

　　　　三、桒——雨 ………………… 2‧1‧6－16

　　　　四、侑——雨 ………………… 2‧1‧6－27

　　　　五、蔑——雨 ………………… 2‧1‧6－30

　　　　六、叙——雨 ………………… 2‧1‧6－36

　　　　七、舞——雨 ………………… 2‧1‧6－37

　　　　八、寧——雨 ………………… 2‧1‧6－44

　　　　九、宜——雨 ………………… 2‧1‧6－45

　　　　十、卯——雨 ………………… 2‧1‧6－46

　　　　十一、晋雨／煛雨 ………… 2‧1‧6－47

　　　　十二、呑雨 …………………… 2‧1‧6－48

　　　　十三、祭牲——雨 ………… 2‧1‧6－48

　　　柒、與田獵相關的雨 ………… 2‧1‧7－1

　　　　一、田‧雨 …………………… 2‧1‧7－1

　　　　二、狩獵‧雨 ………………… 2‧1‧7－25

第四冊

　　捌、對降雨的心理狀態 ……………………… 2・1・8－1

　　　　一、弜雨 ………………………………… 2・1・8－1

　　　　二、弢雨 ………………………………… 2・1・8－4

　　　　三、不雨 ………………………………… 2・1・8－12

　　　　四、弗雨 ………………………………… 2・1・8－153

　　　　五、亡雨 ………………………………… 2・1・8－157

　　　　六、正雨 ………………………………… 2・1・8－173

　　　　七、壱雨 ………………………………… 2・1・8－174

　　　　八、求・雨 ……………………………… 2・1・8－177

　　　　九、雨——吉 …………………………… 2・1・8－180

　　　　十、令雨 ………………………………… 2・1・8－196

　第五冊

　　玖、一日之內的雨 …………………………… 2・1・9－1

　　　　一、夙——雨 …………………………… 2・1・9－1

　　　　二、旦——雨 …………………………… 2・1・9－4

　　　　三、明——雨 …………………………… 2・1・9－5

　　　　四、朝——雨 …………………………… 2・1・9－6

　　　　五、大采——雨 ………………………… 2・1・9－7

　　　　六、大食——雨 ………………………… 2・1・9－8

　　　　七、中日——雨 ………………………… 2・1・9－10

　　　　八、昃——雨 …………………………… 2・1・9－13

　　　　九、小采——雨 ………………………… 2・1・9－16

　　　　十、郭兮——雨 ………………………… 2・1・9－17

　　　　十一、昏——雨 ………………………… 2・1・9－19

　　　　十二、暮——雨 ………………………… 2・1・9－20

　　　　十三、闌昃——雨 ……………………… 2・1・9－21

　　　　十四、夕——雨 ………………………… 2・1・9－21

　　　　十五、中脉——雨 ……………………… 2・1・9－71

　　　　十六、寐——雨 ………………………… 2・1・9－71

　　　　十七、人定——雨 ……………………… 2・1・9－71

　　　　十八、夗——雨 ………………………… 2・1・9－72

　　拾、一日以上的雨 …………………………… 2・1・10－1

　　　　一、今——雨 …………………………… 2・1・10－1

　　　　二、湄日——雨 ………………………… 2・1・10－61

　　　　三、翌——雨 …………………………… 2・1・10－67

四、旬──雨 ················ 2·1·10－106

五、月──雨 ················ 2·1·10－111

六、生──雨 ················ 2·1·10－143

七、來──雨 ················ 2·1·10－146

八、季節──雨 ············· 2·1·10－150

拾壹、描述雨之狀態變化 ·········· 2·1·11－1

一、既雨 ·················· 2·1·11－1

二、允雨 ·················· 2·1·11－2

第二節 雪 ················· 2·2·2－1

貳、一日之內的雪 ············ 2·2·2－1

一、夕·雪 ················ 2·2·2－1

參、與祭祀相關的雪 ·········· 2·2·3－1

一、袁·雪 ················ 2·2·3－1

肆、混和不同天氣現象的雪 ······· 2·2·4－1

一、雪·雨 ················ 2·2·4－1

二、風·雪 ················ 2·2·4－1

第六冊

第三章　甲骨氣象卜辭類編──雲量卜辭彙編

················ 3·1·2－1

第一節 啟 ················· 3·1·2－1

貳、表示時間長度的啟 ·········· 3·1·2－1

一、征啟 ·················· 3·1·2－1

參、程度大小的啟 ············ 3·1·3－1

一、大啟 ·················· 3·1·3－1

肆、與祭祀相關的啟 ··········· 3·1·4－1

一、祭名·啟 ··············· 3·1·4－1

二、犧牲······啟 ············ 3·1·4－1

伍、與田獵相關的啟 ··········· 3·1·5－1

一、田·啟 ················ 3·1·5－1

二、獵獸·啟 ··············· 3·1·5－2

陸、對啟的心理狀態 ··········· 3·1·6－1

一、不啟 ·················· 3·1·6－1

二、弗啟 ················· 3·1·6－12

三、亡啟 ················· 3·1·6－13

四、令・啟 ………………………… 3・1・6—13

五、啟——吉 ……………………… 3・1・6—13

柒、一日之內的啟 ………………… 3・1・7—1

一、明——啟 …………………… 3・1・7—1

二、大采——啟 ………………… 3・1・7—2

三、食——啟 …………………… 3・1・7—2

四、中日——啟 ………………… 3・1・7—2

五、昃——啟 …………………… 3・1・7—3

六、小采——啟 ………………… 3・1・7—3

七、郭兮——啟 ………………… 3・1・7—3

八、小食——啟 ………………… 3・1・7—4

九、夕——啟 …………………… 3・1・7—4

十、闖昃——啟 ………………… 3・1・7—9

捌、一日以上的啟 ………………… 3・1・8—1

一、今・啟 ……………………… 3・1・8—1

二、翌・啟 ……………………… 3・1・8—5

三、旬・啟 ……………………… 3・1・8—12

四、啟・月 ……………………… 3・1・8—12

玖、描述啟之狀態變化 …………… 3・1・9—1

一、允・啟 ……………………… 3・1・9—1

第二節　陰 ………………………… 3・2・2—1

貳、表示時間長度的陰 …………… 3・2・2—1

一、征陰 ………………………… 3・2・2—1

參、與祭祀相關的陰 ……………… 3・2・3—1

一、酚・陰 ……………………… 3・2・3—1

二、犧牲……陰 ………………… 3・2・3—1

肆、與田獵相關的陰 ……………… 3・2・4—1

一、田・陰 ……………………… 3・2・4—1

伍、對陰的心理狀態 ……………… 3・2・5—1

一、陰・不 ……………………… 3・2・5—1

陸、一日之內的陰 ………………… 3・2・6—1

一、明陰 ………………………… 3・2・6—1

二、陰・大采 …………………… 3・2・6—1

三、陰・大食 …………………… 3・2・6—2

　　　　四、昃・陰 ……………………… 3・2・6－2

　　　　五、夕・陰 ……………………… 3・2・6－2

　　柒、一日以上的陰 ………………… 3・2・7－1

　　　　一、今──陰 ………………… 3・2・7－1

　　　　二、翌──陰 ………………… 3・2・7－1

　　　　三、陰──月 ………………… 3・2・7－1

　　捌、描述陰之狀態變化 …………… 3・2・8－1

　　　　一、允陰 ………………………… 3・2・8－1

　　玖、混和不同天氣現象的陰 ……… 3・2・9－1

　　　　一、陰・雨 ……………………… 3・2・9－1

　　　　二、陰・啟 ……………………… 3・2・9－2

　　　　三、陰・風 ……………………… 3・2・9－3

　　拾、卜陰之辭 ……………………… 3・2・10－1

　　　　一、陰 …………………………… 3・2・10－1

　第三節　雲 ………………………… 3・3・2－1

　　貳、表示程度大小的雲 …………… 3・3・2－1

　　　　一、大雲 ………………………… 3・3・2－1

　　　　二、㠱雲 ………………………… 3・3・2－1

　　參、描述方向性的雲 ……………… 3・3・3－1

　　　　一、各雲 ………………………… 3・3・3－1

　　　　二、雲・自 ……………………… 3・3・3－2

　　肆、與祭祀相關的雲 ……………… 3・3・4－1

　　　　一、叀・雲 ……………………… 3・3・4－1

　　　　二、酚・雲 ……………………… 3・3・4－1

　　　　三、雲・犧牲 …………………… 3・3・4－2

　　伍、對雲的心理狀態 ……………… 3・3・5－1

　　　　一、㞢雲 ………………………… 3・3・5－1

　　　　二、雲──大吉 ………………… 3・3・5－1

　　陸、一日之內的雲 ………………… 3・3・6－1

　　　　一、雲……昃 …………………… 3・3・6－1

　　　　二、雲……夕 …………………… 3・3・6－1

　　柒、混和不同天氣現象的雲 ……… 3・3・7－1

　　　　一、雲・雨 ……………………… 3・3・7－1

　　　　二、雲・啟 ……………………… 3・3・7－3

　　　三、雲・虹 ……………………………… 3・3・7－3

　　　四、風・雲 ……………………………… 3・3・7－4

　　　五、雲・雷 ……………………………… 3・3・7－5

　　捌、卜云之辭 …………………………… 3・3・8－1

　　　一、雲 …………………………………… 3・3・8－1

　　　二、茲雲 ………………………………… 3・3・8－1

第四章　甲骨氣象卜辭類編──陽光卜辭彙編

　　………………………………………………… 4・1・2－1

　第一節　晴 ………………………………… 4・1・2－1

　　貳、表示時間長度的晴 …………………… 4・1・2－1

　　　一、倏晴 ………………………………… 4・1・2－1

　　參、表示程度大小的晴 …………………… 4・1・3－1

　　　一、大晴 ………………………………… 4・1・3－1

　　肆、對晴的心理狀態 ……………………… 4・1・4－1

　　　一、不・晴 ……………………………… 4・1・4－1

　　伍、一日之內的晴 ………………………… 4・1・5－1

　　　一、小采・晴 …………………………… 4・1・5－1

　　　二、食日・晴 …………………………… 4・1・5－1

　　　三、夕・晴 ……………………………… 4・1・5－1

　　陸、一日以上的晴 ………………………… 4・1・6－1

　　　一、翌・晴 ……………………………… 4・1・6－1

　　　二、晴・月 ……………………………… 4・1・6－1

　　柒、卜晴之辭 ……………………………… 4・1・7－1

　　　一、晴 …………………………………… 4・1・7－1

　第二節　暈 ………………………………… 4・2・2－1

　　貳、描述方向性的暈 ……………………… 4・2・2－1

　　　一、自……暈 …………………………… 4・2・2－1

　　參、對暈的心理狀態 ……………………… 4・2・3－1

　　　一、不暈 ………………………………… 4・2・3－1

　　肆、一日以上的暈 ………………………… 4・2・4－1

　　　一、暈……月 …………………………… 4・2・4－1

　　伍、混和不同天氣現象的暈 ……………… 4・2・5－1

　　　一、暈・雨 ……………………………… 4・2・5－1

　　　二、雲・雨・暈 ………………………… 4・2・5－1

　　　三、暈・啟 ……………………… 4・2・5－1

　陸、卜暈之辭 …………………………… 4・2・6－1

　　　一、暈 …………………………… 4・2・6－1

第三節　虹 ………………………………… 4・3・2－1

　貳、一日之內的虹 ……………………… 4・3・2－1

　　　一、旦……虹 …………………… 4・3・2－1

　　　二、昃……虹 …………………… 4・3・2－1

　參、描述方向性的虹 …………………… 4・3・3－1

　　　一、虹・方向 …………………… 4・3・3－1

　肆、卜虹之辭 …………………………… 4・3・4－1

　　　一、虹 …………………………… 4・3・4－1

第五章　甲骨氣象卜辭類編──風卜辭彙編・5・1・2－1

第一節　風 ………………………………… 5・1・2－1

　貳、表示時間長度的風 ………………… 5・1・2－1

　　　一、征風 ………………………… 5・1・2－1

　參、表示程度大小的風 ………………… 5・1・3－1

　　　一、大風 ………………………… 5・1・3－1

　　　二、叀風 ………………………… 5・1・3－3

　　　三、岁風 ………………………… 5・1・3－4

　　　四、小風 ………………………… 5・1・3－4

　肆、描述方向性的風 …………………… 5・1・4－1

　　　一、風・自 …………………… 5・1・4－1

　伍、與祭祀相關的風 …………………… 5・1・5－1

　　　一、寧風 ………………………… 5・1・5－1

　　　二、帝風 ………………………… 5・1・5－2

　　　三、犧牲・風 …………………… 5・1・5－2

　陸、與田獵相關的風 …………………… 5・1・6－1

　　　一、田・風 …………………… 5・1・6－1

　　　二、獵獸・風 …………………… 5・1・6－2

　柒、對風的心理狀態 …………………… 5・1・7－1

　　　一、不・風 …………………… 5・1・7－1

　　　二、亡・風 …………………… 5・1・7－6

　　　三、風・壱 …………………… 5・1・7－7

　捌、一日之內的風 ……………………… 5・1・9－1

　　　一、大采・風 …………………… 5・1・9－1

二、中日・風 ……………………… 5・1・8－2

三、小采……風 …………………… 5・1・8－2

四、夕・風 ………………………… 5・1・8－2

五、中彔……風 …………………… 5・1・8－4

玖、一日以上的風 ………………… 5・1・9－1

一、今日・風 ……………………… 5・1・9－1

二、湄日・風 ……………………… 5・1・9－3

三、翌・風 ………………………… 5・1・9－3

四、風・月 ………………………… 5・1・9－5

拾、描述風之狀態變化 …………… 5・1・10－1

一、允・風 ………………………… 5・1・10－1

拾壹、混和不同天氣的風 ………… 5・1・11－1

一、風・雨 ………………………… 5・1・11－1

二、風・雪 ………………………… 5・1・11－2

三、風・陰 ………………………… 5・1・11－2

四、啟・風 ………………………… 5・1・11－3

五、風・雷 ………………………… 5・1・11－3

拾貳、卜風之辭 …………………… 5・1・12－1

一、風 …………………………… 5・1・12－1

二、遘・風 ………………………… 5・1・12－4

第六章　甲骨氣象卜辭類編──雷卜辭彙編・6・1・2－1

第一節　雷 ………………………… 6・1・2－1

貳、表示時間長度的雷 …………… 6・1・2－1

一、盧雷 …………………………… 6・1・2－1

參、對雷的心理狀態 ……………… 6・1・3－1

一、令雷 …………………………… 6・1・3－1

肆、一日之內的雷 ………………… 6・1・4－1

一、大采……雷 …………………… 6・1・4－1

伍、混和不同天氣的雷 …………… 6・1・5－1

一、雷・雨 ………………………… 6・1・5－1

二、雲・雷 ………………………… 6・1・5－1

三、雲・雷・風 …………………… 6・1・5－2

四、雲・雷・風・雨 ……………… 6・1・5－2

陸、卜雷之辭 ……………………… 6・1・6－1

一、雷 …………………………… 6・1・6－1

第三章　甲骨氣象卜辭類編——雲量

第一節　啟

壹、啟字概述與詞項義類

　　甲骨文字中的「啟」字基本作「𢻻」，从又从戶，於甲骨卜辭中作開啟之義、啟做先鋒之義、人名以及天晴之義，而本節僅收錄表示「天空晴朗」的啟。啟，指天晴，即露出陽光，但陽光會受到大氣的干擾，使得光線未必晴朗透澈，又即便天晴，亦非都是一整日、連續的天晴，而陽光之於人類生活極其重要，尤其在古代沒有電器照明設備，必須仰賴天氣狀況耕作、採集、狩獵，因此哪個時間段天氣是否晴朗，便相當重要。

　　甲骨文字中另有一字作「晴」，亦是表示天空晴朗之義，但「啟」本義具有開啟的動作，在詞義擴大引申後，形容天氣現象，也同樣帶有「開啟」之義，表示前面的天氣狀況應當是有雲霧水汽，空氣陰霾，而在撥雲見日之後的晴空，始能稱之為「啟」，因此「啟」涵蓋了天氣變化的過程，而「晴」則只表示天氣的狀態。

　　在𠂤組、𠂤賓間、賓組、出組、何組、歷組、午組卜辭主要用「晵」（𣆴）、「𣅊」（𣅊）來表示「天晴」；而用「啟」（𢻻）來表示「啟動作先鋒之啟」；無名組卜辭多數用添加意符的「晵」表示天晴，歷間類卜辭的情況與無名組相似，用「啟」（𢻻）表示天晴。〔註1〕

〔註 1〕王子揚：《甲骨文字形類組差異現象研究》（北京：首都師範大學漢語言文字學博士論文，2011 年 10 月），頁 51、136。

　　與雲量相關的卜辭「啟」之詞目，共分為八大類，每類再細分不同的詞項，可見下表與分項說明。

詞　　目	詞　　項			
表示時間長度的啟	征啟			
表示程度大小的啟	大啟			
與祭祀相關的啟	祭名・啟	犧牲——啟		
與田獵相關的啟	田・啟	獵獸・啟		
對啟的心理狀態	不啟	弗啟	亡啟	令啟
	啟——吉			
一日之內的啟	明——啟	大采——啟	食——啟	中日——啟
	昃——啟	小采——啟	郭兮——啟	小食——啟
	闌昃——啟	夕——啟		
一日以上的啟	今——啟	翌——啟	旬——啟	月——啟
描述啟之狀態變化	允啟			

一、表示時間長度的啟

（一）征啟

　　「征啟」指延綿一段時間的明朗天空。從目前所見「征啟」的卜辭來看，有很大一部份都有應驗，亦即卜征啟，很常是允征啟的，唯允征啟的辭例未見月份，不可得知是否是屬於典型高壓穩定的夏季發生的。

二、表示程度大小的啟

（一）大啟

　　「大啟」或也可以說是「大晴」，但啟與晴的區別當是在啟有開啟之義，有撥雲見日的意味，據此啟之前的天氣現象可能並非一般所謂好天氣，或許有雲、有雨或陰，因此「大啟」指的是天空清晰可見，並無雲霧水汽阻礙，雲量極少的狀態。

三、與祭祀相關的啟

（一）祭名・啟

　　與啟相關的祭祀不多，見有夒、酚、乎、各等，從部份可見的驗辭來看，無論是用哪種祭祀方式，最終都是希望「啟」。

（二）犧牲……啟

啟相關可見的祭祀犧牲有「麑」、「庚豭」、「牛」等，而其祭祀的對象為「妣庚」與「上甲」。

四、與田獵相關的啟

（一）田・啟

在甲骨卜辭中與啟相關的田獵刻辭並不多，而且所見也不多，也無特定的時間段，或是如田獵刻辭中的雨多用「今日」或「湄日」為時間段，但從所見的卜辭來看，商人占卜田獵是希望天氣「啟」的。

（二）獵獸・啟

商代捕抓野生動物的方法甚多，而與氣象卜辭中的啟相關的獵捕方式有：戰（狩獵）、隻（捕獲）兩種，而從《合集》20989（1）：「庚申卜，翌辛酉甫又㱿，戰，允戰。十一月。」一版可見捕獸的天氣狀態以啟為佳。

五、對啟的心理狀態

（一）不啟

甲骨文中的否定詞主要有「勿」、「弜」、「弱」、「弗」、「不」、「亡」……等，以上否定詞與甲骨文中的「啟」字，構成詞組的有：「不啟」、「弗啟」、「亡啟」等，但其中以「不啟」的詞頻最高，且遠高於「弗啟」、「亡啟」。這與氣象卜辭中的「弜雨」、「弱雨」、「不雨」、「弗雨」、「亡雨」一組相同，「不雨」、「不啟」的詞頻都遠高於其他否定詞。

（二）弗啟

甲骨氣象卜辭中的「弗啟」僅見一條，其寫作「甲辰雨，乙巳陰，丙午弗㱿。」連續三天的天氣似乎稍微轉好，但第三天丙午仍然不會明朗。

（三）亡啟

甲骨氣象卜辭中的「亡啟」僅見一條，其寫作「亡㱿。」意指「天空並沒有明朗」。

（四）令啟

令者，命也，令啟為命令天空明朗，意味商人寄望可藉由「帝」之神力，掃去先前不佳的天氣狀況，令雨、雲散去。

（五）啟──吉

商人卜啟有時也會加入對於此次卜問的期待，最常見的形式是在卜辭最後加上「吉」、「大吉」、「引吉」等語，未見負面的「不吉」吉凶判語。

六、一日之內的啟

（一）明──啟

卜辭中與「明」相關的「啟」。（時稱說明參見第二章 第一節 壹 八、一日之內的雨）

（二）大采──啟

卜辭中與「大采」相關的「啟」。（時稱說明參見第二章 第一節 壹 八、一日之內的雨）

（三）食──啟

卜辭中與「食」相關的「啟」。（時稱說明參見第二章 第一節 壹 八、一日之內的雨）

（四）中日──啟

卜辭中與「中日」相關的「啟」。（時稱說明參見第二章 第一節 壹 八、一日之內的雨）

（五）昃──啟

卜辭中與「昃」相關的「啟」。（時稱說明參見第二章 第一節 壹 八、一日之內的雨）

（六）小采──啟

卜辭中與「小采」相關的「啟」。（時稱說明參見第二章 第一節 壹 八、一日之內的雨）

（七）郭兮──啟

卜辭中與「郭兮」相關的「啟」。（時稱說明參見第二章 第一節 壹 八、一日之內的雨）

（八）小食──啟

卜辭中與「小食」相關的「啟」。（時稱說明參見第二章 第一節 壹 八、一日之內的雨）

（九）闌昃——啟

卜辭中與「闌昃」相關的「啟」。（時稱說明參見第二章　第一節　壹　八、一日之內的雨）

（十）夕——啟

卜辭中與「夕」相關的「啟」。於「夕」時卜問啟的氣象卜辭辭例，是「一日之內的啟」最多的，共有 65 版，其他在一日之內的卜啟時間段，所見版數只有 1 至 4 版，可見商代的夜間活動是相當豐富的。（時稱說明參見第二章　第一節　壹　八、一日之內的雨）

七、一日以上的啟

（一）今——啟

「今」與「啟」的組成相對「今」與「雨」的組成來的簡單，基本上分為「今日・啟」和「今某干支・啟」，但有兩條比較特殊的寫法是「今日至翌日干支・啟」，這是跨日的卜問，也必然是跨夜的卜問。

（二）翌——啟

翌即指將來之日，商人卜問啟的時間段若在一日以上，似特別偏好用「翌干支・啟」來卜問，實際上在本詞項中的「翌干支」，幾乎都為隔天，也就是「翌日」，如：

（1）丁……翌……啟

（2）辛丑卜，宁，翌壬寅啟。壬寅陰。

（3）壬寅卜，宁，翌癸卯易日。允易日。

（4）癸卯卜，宁，翌甲辰啟。允啟。

（5）甲辰卜，宁：翌乙巳不其啟。

（6）乙巳卜，宁：翌丙午不其啟。

（7）□□□，□翌丁未……其啟。

　　　　《合集》13074 甲+13074 乙+13449【《契37》】

（1）丙寅卜，內，翌丁卯啟。丁啟。　　　　《合集》13110

（2）癸卯卜，內，翌甲辰不其啟。

（3）翌戊申不其〔啟〕。　　　　《合集》13124

上所引之卜辭的「翌干支」，實際上都是指隔天，但在本詞項中，卻極少見以「翌日・啟」的形式卜問，或與商人的用字習慣有關。

（三）旬——啟

「旬」與「啟」的組成氣象卜辭皆為貞旬卜辭，僅見三版，但這三版都可見到從雨至啟的貞卜過程，在「啟」之前的天氣現象非「雨」即「陰」，一方面是可見到商人掌握水氣、雲量的關係，另一方面也驗證了「啟」有開啟、排除先前壞天氣的意思。

（四）月——啟

甲骨卜辭中除了以日（干支）為時間單位的紀錄以外，也見有以月為時間單位的紀錄，本詞項所收含有「月」的卜辭並非指整個月都是「啟」的狀態，而是某月有「卜啟」或「允啟」的紀錄。

八、描述啟的狀態變化

（一）允・啟

甲骨卜辭中的驗辭有時刻寫較為簡要，如「允・啟」最完整當寫作「允啟」，有時則簡寫作「允」，另外有時從前後文可以判斷，該辭雖未見「允」字，但也應當為驗辭，如：《合集》13102：「貞：今夕不其啟。不啟。」此辭最後的「不啟」當指「允不啟」。

貳、表示時間長度的啟

一、征啟

在氣象卜辭的「征啟」詞項分作：

（一）「征啟」

卜辭中含有「征啟」之辭。

例：

著　錄	編號／【綴合】／（重見）	卜　辭
合集	13132	貞：征啟。
合集	13133 正	貞：不其征啟。

（二）「征……啟」

卜辭中「征」後有其他描述，或辭例不全，再接「啟」之辭。

例：

著　　錄	編號／【綴合】／（重見）	卜　　辭
合集	20637	（2）……征……啟。
合集	22280	己巳卜，貞：啟……征。

參、程度大小的啟

一、大啟

在「大啟」的組合中，詞項分作：

（一）「大啟」

卜辭中含有「大啟」之辭。

例：

著　　錄	編號／【綴合】／（重見）	卜　　辭
合集	20957	（1）于辛雨，庚㲃雨。辛啟。 （2）己亥卜，庚子又雨，其㲃允雨。 （3）……着日大啟，昃亦雨自北。闚昃啟。
合集	21010	（1）甲申□雨，大靁。〔庚〕寅大啟。〔辛〕卯大風自北，以……

（二）「不大啟」

卜辭中含有「不大啟」之辭。

例：

著　　錄	編號／【綴合】／（重見）	卜　　辭
合集	30190	（2）今日辛大啓。 （3）不啓。 （4）壬大啓。 （5）壬不大啓。
村中南	124	（2）戊大啟，王兑田？ （3）〔不〕大啟？

（三）「允大啟」

卜辭中含有「允大啟」之辭。

例：

著　錄	編號／【綴合】／（重見）	卜　辭
合集	28663	丁亥卜，翌日戊王兌田，大啟。允大啟。大吉　茲用

肆、與祭祀相關的啟

一、祭名・啟

在「祭名」與「啟」的組合中，詞項分作：

（一）「祭名・啟」

卜辭中含有祭名「酚」、「夏」、「乎」、「吞」等，再接「啟」之辭。

例：

著　錄	編號／【綴合】／（重見）	卜　辭
合集	00975 正	（1）乙巳卜，爭，貞：今日酚伐，啟。
屯南	0665	（5）弜夏，啟。 （7）弜夏，啟。
屯南	900+1053【《綴彙》176】	（1）……上甲乎雨……允啟。 （2）丁未，貞：弜乎雨上甲𧅁……
屯南	2838	（2）翌日乙，大史祖丁，又吞自雨，啟。

二、犧牲……啟

在「犧牲」與「啟」的組合中，詞項分作：

（一）「犧牲……啟」

卜辭中含有犧牲「牛」、「麑」、「牡」等，再接「啟」之辭。

例：

著　錄	編號／【綴合】／（重見）	卜　辭
合集	22249	（1）辛巳卜，啟又彳姙庚麑。 （2）啟又彳姙庚牡。 （6）啟又……
合集	27071	……上甲一牛……啟。

伍、與田獵相關的啟

一、田・啟

在「田」與「啟」的組合中，詞項分作：

（一）「田・啟」

卜辭中「田」後接「啟」，或前接「大啟」之辭。

例：

著　錄	編號／【綴合】／（重見）	卜　辭
合集	04315	□辰卜，翌……𢇛田……攵，陷……雨。
合集	10555	壬辰卜，〔翌〕□𢇛□田，〔攵〕。
合集	28663	丁亥卜，翌日戊王兌田，大昝。允大昝。大吉　茲用
村中南	124	（2）戊大啟，王兌田？ （3）〔不〕大啟？

（二）「田……啟」

卜辭中「田」後辭例不全，再接「啟」之辭。

例：

著　錄	編號／【綴合】／（重見）	卜　辭
英藏	01094	……田……攵。

二、獵獸・啟

在「獵獸」與「啟」的組合中，詞項分作：

（一）「獸・啟」

卜辭中「獸」後接「啟」、「不其啟」、「又啟」等之辭。

例：

著　錄	編號／【綴合】／（重見）	卜　辭
合集	10621	（1）……今日獸。攵。
合集	10625	……獸，攵。
合集	20753	（1）□未卜，王，□獸。不其攵。 （2）……令獸，又攵。

（二）「隻‧啟」

卜辭中「隻」後接「啟」之辭。

例：

著　錄	編號／【綴合】／（重見）	卜　辭
合集	10309	（1）乙未卜，翌丙申王田，隻。允隻鹿九。 （2）乙未卜，翌丙申啟。

陸、對啟的心理狀態

一、不啟

在「不」與「啟」的組合中，詞項分作：

（一）「不啟」

卜辭中含有「不啟」之辭。

例：

著　錄	編號／【綴合】／（重見）	卜　辭
合集	12348	（4）己卯卜，翌庚易日，不雨。不易日，啟。 （5）甲申卜，貞：翌乙啟。 （6）不啟。啟。
合集	13115+13118 正【《合補》3912】	（1）貞：翌乙〔亥〕不〔啟〕。 （2）貞：翌丁丑啟。 （3）貞：翌乙亥啟。

（二）「不其啟」

卜辭中含有「不其啟」、「不其征啟」等之辭。

例：

著　錄	編號／【綴合】／（重見）	卜　辭
合集	00376 正	（13）翌乙亥啟。 （14）翌乙亥不其啟。
合集	13133 正	貞：不其征啟。

（三）「不大啟」

卜辭中含有「不大啟」之辭。

例：

著　　錄	編號／【綴合】／（重見）	卜　　辭
合集	30190	（2）今日辛大啓。 （3）不啓。 （4）壬大啓。 （5）壬不大啓。
村中南	124	（2）戊大啟，王兌田？ （3）〔不〕大啟？

（四）「不啟日」

卜辭中含有「不啟日」之辭。

例：

著　　錄	編號／【綴合】／（重見）	卜　　辭
合集	21976	（2）癸卯，不攸日。

（五）「不……啟」

卜辭中「不」後辭例不全，再接「啟」之辭。

例：

著　　錄	編號／【綴合】／（重見）	卜　　辭
合集	13130	（1）……翌……攸。 （2）……不□攸。

二、弗啟

在「弗啟」的組合中，詞項分作：

（一）「弗啟」

卜辭中含有「弗啟」之辭。

例：

著　　錄	編號／【綴合】／（重見）	卜　　辭
合集	20922	癸卯，貞：旬。甲辰雨，乙巳陰，丙午弗攸。

三、亡啟

在「亡啟」的組合中，詞項分作：

（一）「亡啟」

卜辭中含有「亡啟」之辭。

例：

著　錄	編號／【綴合】／（重見）	卜　辭
屯南	0683	（2）亡伐。

四、令・啟

在「令」與「啟」的組合中，詞項分作：

（一）「令・啟」

卜辭中「令」後接「啟」之辭。

例：

著　錄	編號／【綴合】／（重見）	卜　辭
合集	20994	（1）甲寅卜，亡凸，令啟。
合集	21022	（1）戊申卜，貞：翌己酉□大□□啟。七月。 （5）各云不其雨，允不啟。 （6）己酉卜，令其雨印，不雨，甶啟。

五、啟──吉

在「啟」與「吉」的組合中，詞項分作：

（一）「啟・吉」

卜辭中「啟」後接「吉」之辭。

例：

著　錄	編號／【綴合】／（重見）	卜　辭
合集	29800	……〔至〕章啟。用　吉
合集	30198	（1）中日至章兮啟。吉　茲用 （2）不啟。吉　吉

（二）「啟・大吉」

卜辭中「啟」後接「大吉」之辭。

例：

著　錄	編號／【綴合】／（重見）	卜　辭
合集	28663	丁亥卜，翌日戊王兌田，大啟。允大啟。大吉　茲用
合集	30206	（1）翌日〔己〕啟。大吉 （2）翌日己不啟。吉

（三）「啟‧引吉」

卜辭中「啟」後接「引吉」之辭。

例：

著　　錄	編號／【綴合】／（重見）	卜　　辭
合集	29899	（2）壬雨，癸雨，甲酒啟。引吉

柒、一日之內的啟

一、明——啟

在「明」與「啟」的組合中，詞項分作：

（一）「明啟」

卜辭中「明」與「啟」直接相連之辭。

例：

著　　錄	編號／【綴合】／（重見）	卜　　辭
合集	21016	（2）癸亥卜，貞：旬。二月。乙丑夕雨。丁卯夠雨。戊小采日雨，夢風。己明啟。
合集	993+40341（《英藏》1101）【《甲拼》57】	（1）丙申卜，翌丁酉酒伐，啟。丁明陰，大食日啟。一月。 （2）丙申卜，翌丁酉酒伐，〔啟〕……〔註2〕

（二）「啟‧明」

卜辭中「啟」與「明」各為前一及後一句所載之詞之卜辭。

例：

著　　錄	編號／【綴合】／（重見）	卜　　辭
合集	20995	……啟。明陰，酒步。
合集	993+40341（《英藏》1101）【《甲拼》57】	（1）丙申卜，翌丁酉酒伐，啟。丁明陰，大食日啟。一月。 （2）丙申卜，翌丁酉酒伐，〔啟〕……

　　詞項一、「明啟」與詞項二、「啟‧明」中皆收錄《合集》993+40341（《英藏》1101）【甲拼 57】（1）：「丙申卜，翌丁酉酒伐，啟。丁明陰，大食日啟。」

〔註2〕原釋為「酚」之字作「」、「」，自賓間類的「酒」字皆作兩點的「」。參見黃天樹主編：《甲骨拼合集》（北京：學苑出版社，2010年），頁62、386。

一月。」一辭，因本辭例同時出現兩次啟，因此在同為「時間段・啟」一類，但不同詞項中同時收錄。而此字原釋為「彭」之字作「」、「」，在𠂤賓間類的「酒」字皆作兩點的「」，因此將此字釋文改為「酒」。〔註3〕

《合集》993+40341（《英藏》1101）【《甲拼》57】　　局部　　局部

詞項四、「啟……食」所收錄之辭《合集》40321（《英藏》924）：「壬子𢻻，自食……」食字以後殘缺未見，但從文例推測，食之後有可能是描寫不同的天氣現象，或是其他的時間段的變化。卜辭中有「大食」、「小食」，寫作「食」或「食日」，在氣象卜辭中多見是指「大食」，但因無其他線索可以判斷，故僅備此說。

二、大采——啟

在「大采」與「啟」的組合中，詞項分作：

（一）「大采・啟」

卜辭中「大采」後接「允啟」之辭。

例：

著　錄	編號／【綴合】／（重見）	卜　辭
合集	20993	……𢻻。大采日允𢻻。

三、食——啟

在「食」與「啟」的組合中，詞項分作：

（一）「啟……食」

卜辭中「啟」之後再接「食」之辭。

〔註 3〕參見黃天樹主編：《甲骨拼合集》，頁 62、386。

例：

著　錄	編號／【綴合】／（重見）	卜　辭
合集	40321（《英藏》924）	壬子㪟，自食……

四、中日——啟

在「中日」與「啟」的組合中，詞項分作：

（一）「中日・啟」

卜辭中「中日」後接「啟」、「大啟」等之辭。

例：

著　錄	編號／【綴合】／（重見）	卜　辭
合集	13216 反	（1）□未……雨，中日㪟……酚□既陟……盅雷。
合集	20821+《乙》24【《綴續》501】	（2）……中日㪟。十二月。
合集	30197	（2）中日大啓。

（二）「中日・時間段・啟」

卜辭中「中日」後接「時間段」，再接「啟」之辭。

例：

著　錄	編號／【綴合】／（重見）	卜　辭
合集	30198	（1）中日至羣兮啓。吉　茲用 （2）不啓。吉　吉

五、昃——啟

在「昃」與「啟」的組合中，詞項分作：

（一）「昃・啟」

卜辭中「昃」後接「啟」之辭。

例：

著　錄	編號／【綴合】／（重見）	卜　辭
合集	20957	（1）于辛雨，庚夕雨。辛㪟。 （2）己亥卜，庚子又雨，其夕允雨。 （3）……着日大㪟，昃亦雨自北。闌昃㪟。

（二）「啟……昃」

卜辭中「啟」後有其他描述，再接「昃」之辭。

例：

著　錄	編號／【綴合】／（重見）	卜　辭
合集	11728 反+13159 反【《甲拼續》582】	……勿攺，其云椎其昃日。

六、小采──啟

在「小采」與「啟」的組合中，詞項分作：

（一）「小采……啟」

卜辭中「小采」後有其他描述，再接「啟」之辭。

例：

著　錄	編號／【綴合】／（重見）	卜　辭
合集	20397	（1）壬戌又雨。今日小采允大雨。征伐，眚日隹啟。

七、郭兮──啟

在「郭兮」與「啟」的組合中，詞項分作：

（一）「時間段・郭兮・啟」

卜辭中「時間段」後接「郭兮」，再接「啟」之辭。

例：

著　錄	編號／【綴合】／（重見）	卜　辭
合集	29800	……〔至〕章啓。用吉
合集	30198	（1）中日至章兮啓。吉　茲用 （2）不啓。吉　吉

八、小食──啟

在「小食」與「啟」的組合中，詞項分作：

（一）「小食・啟」

卜辭中「小食」後接「大啟」之辭。

例：

著　　錄	編號／【綴合】／（重見）	卜　辭
合集	21021 部份+21316+21321+21016【《綴彙》776】	（1）癸未卜，貞：旬。甲申人定雨……雨……十二月。 （4）癸卯貞，旬。□大〔風〕自北。 （5）癸丑卜，貞：旬。甲寅大食雨自北。乙卯小食大啟。丙辰中日大雨自南。 （6）癸亥卜，貞：旬。一月。昃雨自東。九日辛丑大采，各云自北，雷征，大風自西刜云，率〔雨〕，母譱日……一月。 （8）癸巳卜，貞：旬。之日巳，羌女老，征雨小。二月。 （9）……大采日，各云自北，雷，風，茲雨不征，隹婡…… （10）癸亥卜，貞：旬。乙丑夕雨，丁卯明雨……采日雨。〔風〕。己明啟。三月。

九、夕──啟

在「夕」與「啟」的組合中，詞項分作：

（一）「今夕‧啟」

卜辭中「今夕」後接「啟」、「不啟」、「其啟」、「不其啟」、「不征啟」、「不其征啟」、「允啟」等之辭。

例：

著　　錄	編號／【綴合】／（重見）	卜　辭
合集	13086（《中科院》1149）	貞：今夕啟。
合集	13097	貞：今夕不啟。
合集	13088	貞：今夕其啟。
合集	13100（《中科院》1152）	貞：今夕不其啟。
合集	31547+31548+31582（《合補》9563）	（3）貞：今夕啟。 （5）貞：今夕啟，不雨。 （6）貞：今夕其不啟。雨。 （8）貞：今夕啟。 （9）貞：今夕不其啟。 （11）貞：今夕啟，不雨。 （12）〔貞〕：今夕〔不〕其啟，不雨。 （15）貞：今夕不征啟。 （20）貞：今夕啟。 （21）貞：今夕不其啟。

合集	24925	貞：今夕不其征攸。
合集	13142	〔今〕夕攸。允攸。

（二）「今夕……啟」

卜辭中「今夕」後辭例不全，再接「啟」之辭。

例：

著　錄	編號／【綴合】／（重見）	卜　辭
合補	3918	……今夕……攸。
合補	9559（《東大》70）	□未卜……今夕……攸之……
合補	9562（《懷特》256）	（2）貞：今夕……攸。

（三）「之夕……啟」

卜辭中「之夕」後接「啟」，或「之夕」後有其他描述、或辭例不全，再接「啟」之辭。

例：

著　錄	編號／【綴合】／（重見）	卜　辭
合集	13351	貞：今夕雨。之夕攸。風。
合集	3297 反	（2）貞：翌辛丑不其攸。王固曰：今夕其雨，翌辛〔丑〕不〔雨〕。之夕死，辛丑攸。 （3）其攸。
合集	13135	今夕……之夕〔雨〕小，亦攸。

（四）「夕・啟」

卜辭中「夕」後接「大啟」，「夕」後辭例不全，再接「啟」之辭。

例：

著　錄	編號／【綴合】／（重見）	卜　辭
屯南	2300	（1）戊戌卜，今日□攸。 （2）今日不攸。吉 （3）己攸。吉 （4）庚攸。大吉 （5）辛攸。 （6）壬攸。 （7）壬不攸。 （8）及茲夕大攸。
中科院	528	……〔夕〕……啟……□……

（五）「……夕‧啟」

卜辭中「夕」後接「啟」、「征啟」，但「夕」字前有單字或多字殘缺未見之辭。

例：

著　錄	編號／【綴合】／（重見）	卜　　辭
合集	13462	□夕啟……陰。
合集	13131	……夕啟，癸巳征啟。

十、闌昃——啟

在「闌昃」與「啟」的組合中，詞項分作：

（一）「闌昃‧啟」

卜辭中「闌昃」後接「啟」之辭。

例：

著　錄	編號／【綴合】／（重見）	卜　　辭
合集	20957	（1）于辛雨，庚夕雨。辛啟。 （2）己亥卜，庚子又雨，其夕允雨。 （3）……着日大啟，昃亦雨自北。闌昃啟。

捌、一日以上的啟

一、今‧啟

在「今」與「啟」的組合中，詞項分作：

（一）「今日‧啟」

卜辭中「今日」後接「啟」、「不啟」、「征啟」等之辭。

例：

著　錄	編號／【綴合】／（重見）	卜　　辭
合集	20997	庚子卜，今日啟。
合補	10624（《懷特》1609）	乙卯卜，今日不啟。
合集	24161	（4）貞：今日征啟。四月。

（二）「今日‧干支‧啟」

卜辭中「今日」後接「干支」，再接「啟」、「大啟」等之辭。

例：

著　　錄	編號／【綴合】／（重見）	卜　　辭
合集	30191	戊寅卜，今日戊啓。
合集	30190	（2）今日辛大啓。 （3）不啓。 （4）壬大啓。 （5）壬不大啓。

（三）「今・干支・啟」

卜辭中「今」後接干支，再接「啟」之辭。

例：

著　　錄	編號／【綴合】／（重見）	卜　　辭
合集	3507（《合補》3907）	（2）貞：今甲午攸。
合集	13079+15236【《甲拼續》237】	（3）貞：今丁卯攸。

（四）「今日……啟」

卜辭中「今日」後接有其他描述，或辭例不全，再接「啟」、「又啟」、「大啟」等之辭。

例：

著　　錄	編號／【綴合】／（重見）	卜　　辭
合集	00975 正	（1）乙巳卜，爭，貞：今日酌伐，攸。
合集	20755	（2）壬子卜，今日獸，又攸。
合集	27226	（3）□□卜，今日吉……大啓。

（五）「今日至……啟」

卜辭中「今日至」後接「翌日」，再接「征啟」之辭。

例：

著　　錄	編號／【綴合】／（重見）	卜　　辭
屯南	2600	（2）今日至翌日丙征攸。

（六）「今其啟」

卜辭中含有「今其啟」之辭。

例：

著　錄	編號／【綴合】／（重見）	卜　辭
合集	24915	癸未卜，〔出〕，貞：今其啟。

（七）「今……啟」

卜辭中「今」後有缺字，或辭例不全，再接「啟」、「征啟」、「翌啟」等之辭。

例：

著　錄	編號／【綴合】／（重見）	卜　辭
合集	13081	貞：今□啟。
合補	3908（《懷特》255）	……卜……貞：今……征啟。
合補	7472	……貞：今……翌啟。

二、翌・啟

在「翌」與「啟」的組合中，詞項分作：

（一）「翌・干支・啟」

卜辭中「翌」後接「干支」，再接「啟」、「又啟」、「其啟」、「不其啟」等之辭。

例：

著　錄	編號／【綴合】／（重見）	卜　辭
合集	00376 正	（13）翌乙亥啟。 （14）翌乙亥不其啟。
合集	20989	（1）庚申卜，翌辛酉甫又啟，戠，允戠。十一月。 （2）辛酉卜，翌壬戌啟。
合集	13074甲+13074乙+13449 【《契37》】	（1）丁……翌……啟 （2）辛丑卜，宁，翌壬寅啟。壬寅陰。 （3）壬寅卜，宁，翌癸卯易日。允易日。 （4）癸卯卜，宁，翌甲辰啟。允啟。 （5）甲辰卜，宁：翌乙巳不其啟。 （6）乙巳卜，宁：翌丙午不其啟。 （7）□□□，□翌丁未……其啟。
合集	13113	（1）〔庚〕午卜，翌辛未啟。允啟。 （2）翌癸酉不其啟。

（二）「翌……啟」

卜辭中「翌」後接有其他描述，或辭例不全，再接「啟」、「又啟」、「大啟」、「允啟」等之辭。

例：

著　錄	編號／【綴合】／（重見）	卜　辭
合集	13130	（1）……翌……啟。 （2）……不□啟。
屯南	0590	丙申卜，父丁翌日，又啟。雨。
合集	28663	丁亥卜，翌日戊王兌田，大啟。允大啟。大吉　茲用
合集	10556	（1）辛酉〔卜〕……啟。允啟。 （2）辛酉〔卜〕，〔翌〕壬𢎛〔田〕，啟。〔允〕啟。 （4）丁卯〔卜〕翌壬𢎛，啟。允啟。

（三）「翌日・啟」

卜辭中「翌日」後接「啟」之辭。

例：

著　錄	編號／【綴合】／（重見）	卜　辭
東大	1288	……卜，王乎……翌日啟。

（四）「啟・翌日」

卜辭中「啟」後接「翌日」之辭。

例：

著　錄	編號／【綴合】／（重見）	卜　辭
合集	33069	（10）壬子卜，啟，翌日癸丑。

（五）「今日・至翌・啟」

卜辭中「今日」後接「至翌」，再接「大啟」、「征啟」等之辭。

例：

著　錄	編號／【綴合】／（重見）	卜　辭
合集	30189	□戌卜，今日庚至翌……大啟。
屯南	2600	（2）今日至翌日丙征啟。

三、旬・啟

在「旬」與「啟」的組合中，詞項分作：

（一）「旬……啟」

卜辭中「旬」後接有其他描述，再接「弗啟」、「明啟」、「大啟」等之辭。

例：

著　錄	編號／【綴合】／（重見）	卜　辭
合集	20922	癸卯，貞：旬。甲辰雨，乙巳陰，丙午弗啟。
合集	21016	（2）癸亥卜，貞：旬。二月。乙丑夕雨。丁卯明雨。戊小采日雨，止〔風〕。己明啟。

四、啟・月

在「啟」與「月」的組合中，詞項分作：

（一）「啟・月」

卜辭中「啟」後接「月份」之辭。

例：

著　錄	編號／【綴合】／（重見）	卜　辭
合集	13065	啟，若。八月。
合集	13066	（1）貞：不其啟。九月。

（二）「啟・□月」

卜辭中「啟」後接「月份」，但月份之數有殘缺之辭。

例：

著　錄	編號／【綴合】／（重見）	卜　辭
合集	24916	□戌卜，□，〔貞〕：翌……其啟。□月。
合補	3913	□亥雨……啟……□月。

玖、描述啟之狀態變化

一、允・啟

在「啟」與「允」的組合中，詞項分作：

（一）「允・啟」

卜辭中「允」後接「啟」、「征啟」等之辭。

例：

著　錄	編號／【綴合】／（重見）	卜　辭
合集	33986	（2）征敀大丁，允敀。 （5）不敀。 （6）乙不敀。 （7）乙未卜，今日敀。 （8）不敀。 （9）不敀。
合集	39602 正《英藏》66 正	（2）貞：征敀。允征敀。 （3）貞：征敀。

（二）「啟‧允」

卜辭中「啟」後接「允」之辭。

例：

著　錄	編號／【綴合】／（重見）	卜　辭
合集	33968	（1）丙辰卜，丁敀。允。 （2）丁不敀。
屯南	2351	（1）癸亥卜，翌甲子敀。允。 （2）癸亥卜，不敀。 （3）癸亥卜，翌甲子敀。 （4）癸亥卜，不敀。

（三）「允大啟」

卜辭中含有「允大啟」之辭。

例：

著　錄	編號／【綴合】／（重見）	卜　辭
合集	28663	丁亥卜，翌日戊王兌田，大啓。允大啓。大吉　茲用
合集	40865（《合補》6858）	（2）戊子卜，余，雨不。庚大敀。 （3）其敀。三日庚寅大敀。 （4）羍。貞……卜曰：翌庚寅其雨。余曰：己 　　其雨。不雨。庚大敀。

（四）「允不啟」

卜辭中含有「允不啟」之辭。

例：

著　　錄	編號／【綴合】／（重見）	卜　　辭
合集	13102	貞：今夕不其啟。不啟。
合集	21022	（1）戊申卜，貞：翌己酉□大□□啟。七月。 （5）各云不其雨，允不啟。 （6）己酉卜，令其雨印，不雨，囲啟。

（五）「……啟……允……」

卜辭中見有「啟」與「允」之詞，但辭例殘缺之辭。

例：

著　　錄	編號／【綴合】／（重見）	卜　　辭
合集	24924	辛卯〔卜〕，出，〔貞〕……不〔其〕啟。允……
懷特	257	……相……允……啟。

第二節　陰

壹、陰字概述與詞項義類

　　甲骨文字中的「陰」作「𠃳」、「𣎴」等形，可隸定為「雀」或「䧹」，于省吾認為此字從隹今聲，即陰晴之陰的初文。〔註4〕𠂤組、歷組卜辭多用「雀」表示陰晴之陰，賓間、賓組卜辭則用「䧹」表示陰晴之陰，而裘錫圭、孫常敘認為「雀」、「䧹」兩字應當互為異體。沈建華認為《合集》28537 的「𩗕」字，隸定為「𩙼」，《師永盂》、《敔簋》銘文中「陰陽洛」的「陰」作𣵦，從會聲，「𩙼」亦從會得聲，亦可表示「陰」。〔註5〕

　　與雲量相關的卜辭「陰」之詞目，共分為七大類，每類再細分不同的詞項，可見下表與分項說明。

〔註4〕參見于省吾：《甲骨文字釋林》（北京：中華書局，1979 年），頁 111～113。

〔註5〕參見王子揚：《甲骨文字形類組差異現象研究》，頁 117～118、參見裘錫圭：《古文字論集》（北京：中華書局，1992 年），頁 647、孫常敘：《雀䧹一字形變說》，原載《古文字研究》第十九輯，後收入氏著《孫常敘古文字學論集》（吉林：東北師範大學出版社，1998 年）頁 19～32、沈建華：《釋卜辭中方位稱謂「陰」字》，《古文字研究》，第二十四輯，（北京：中華書局，2002 年），頁 114～117；轉引自王子揚：《甲骨文字形類組差異現象研究》，頁 117～118。

詞　目	詞　項			
表示時間長度的陰	征陰			
與祭祀相關的陰	酚——陰	犧牲——陰		
與田獵相關的陰	田・陰			
對陰的心理狀態	陰・不			
一日之內的陰	明——陰	陰——大采	陰——大食	晨——陰
	夕——陰			
一日以上的陰	今——陰	翌——陰	陰——月	
描述陰之狀態變化	允・陰			
混和不同天氣現象的陰	陰・雨	陰・啟	陰・風	

貳、表示時間長度的陰

一、征陰

表示綿延一段時間的陰天。

參、與祭祀相關的陰

一、酚——陰

在酚祭結束之後，都預期在「明」時，即天剛亮的時刻，會是陰天。

二、犧牲——陰

在選擇用犧牲羌祭祀後，該日將會是陰天。

肆、與田獵相關的陰

一、田・陰

商王田獵時除了問是否遇到雨以外，也問其他的天氣狀況，而本詞項所收的唯一一條，是翌日進行田獵時是陰天，會是吉兆。

伍、對陰的心理狀態

一、陰・不

進行卜問天氣是否會是陰天，以否定的方式貞卜。

陸、一日之內的陰

一、明──陰

卜辭中與「明」相關的「陰」。（時稱說明參見第二章　第一節　壹　八、一日之內的雨）

二、陰──大采

卜辭中與「大采」相關的「陰」。（時稱說明參見第二章　第一節　壹　八、一日之內的雨）

三、陰──大食

卜辭中與「大食」相關的「陰」。（時稱說明參見第二章　第一節　壹　八、一日之內的雨）

四、㫩──陰

卜辭中與「㫩」相關的「陰」。（時稱說明參見第二章　第一節　壹　八、一日之內的雨）

五、夕──陰

卜辭中與「夕」相關的「陰」於「夕」時卜問陰的氣象卜辭辭例，是「一日之內的陰」最多的，共有 7 版，但同時在「明」的這個時間段也有 7 版與陰的相關紀錄，或商人已觀察到清晨在太陽輻射尚未增強之時，天邊的水氣尚未蒸散，因此常見遠方仍是陰天，但有兩條卜辭分別都說了相同的內容：「明陰，食日大晴。」、「明陰，大食日啟」，大食是接近中午之時，日照程度已經很強，天空中的水氣也確實開始蒸散，故在中午之際，天空晴朗是很符合天氣學的狀況。（時稱說明參見第二章　第一節　壹　八、一日之內的雨）

柒、一日以上的陰

一、今──陰

本項只收一條卜辭，其謂今日皆為陰，不雨。

二、翌──陰

本項只收兩條卜辭，一條是說王進行田獵，不會遇到雨，而且陰天是吉祥的。另一條則說用羌為犧牲，到了用羌這一天為陰天。

三、陰——月

甲骨卜辭中除了以日（干支）為時間單位的紀錄以外，也見有以月為時間單位的紀錄，本詞項所收含有「月」的卜辭並非指整個月都是「陰」的狀態，而是某月有「卜陰」或「允陰」的紀錄。

捌、描述陰之狀態變化

一、允・陰

在甲骨卜辭中的卜陰的驗辭，幾乎所有辭例都寫作「允陰」，僅有一條描述陰的時刻，寫作「允明陰」。

玖、混和不同天氣現象的陰

一、陰・雨

在甲骨卜辭中許多氣象詞並不單獨出現，如「陰」、「雨」相連，此兩者在天氣學上是具有相關性的。

二、陰・啟

在甲骨卜辭中許多氣象詞並不單獨出現，如「陰」、「啟」相連，此兩者在天氣學上是具有相關性的。

三、陰・風

在甲骨卜辭中許多氣象詞並不單獨出現，如「陰」、「風」相連，此兩者在天氣學上是具有相關性的。

貳、表示時間長度的陰

一、征陰

在氣象卜辭的「征陰」詞項分作：

（一）「征陰」

卜辭中含有「征陰」之辭。

例：

著　錄	編號／【綴合】／（重見）	卜　辭
合集	20769	（2）……征陰。

參、與祭祀相關的陰

一、酚‧陰

在「酚」與「陰」的組合中，詞項分作：

（一）「酚……陰」

卜辭中「酚」後有其他描述，再接「陰」之辭。

例：

著　錄	編號／【綴合】／（重見）	卜　辭
合集	721 正	（1）貞：翌乙卯酚我離伐于宰。乙卯允酚，明陰。
合集	13450	乙未卜，王，翌丁酉酚伐，易日。丁明陰，大食……

二、犧牲……陰

在「犧牲」與「陰」的組合中，詞項分作：

（一）「犧牲……陰」

卜辭中「犧牲」後有其他描述，再接「陰」之辭。

例：

著　錄	編號／【綴合】／（重見）	卜　辭
合集	456 正	（1）甲午卜，爭，貞：翌乙未用羌。用，之日陰。

肆、與田獵相關的陰

一、田‧陰

在「田」與「陰」的組合中，詞項分作：

（一）「田‧陰」

卜辭中「田」後接「陰」之辭。

例：

著　錄	編號／【綴合】／（重見）	卜　辭
合集	28537	（1）翌日戊王其田，不遘雨。 （2）田，翌日戊陰。吉。

伍、對陰的心理狀態

一、陰・不

在「陰」與「不」的組合中，詞項分作：

（一）「陰・不」

卜辭中「陰」後接「不」之辭。

例：

著　　錄	編號／【綴合】／（重見）	卜　　辭
合集	20771	戊寅，陰不。

陸、一日之內的陰

一、明陰

在「明」與「陰」的組合中，詞項分作：

（一）「明陰」

卜辭中含有「明陰」之辭。

例：

著　　錄	編號／【綴合】／（重見）	卜　　辭
合集	721 正	（1）貞：翌乙卯酚我離伐于牟。乙卯允酚，明陰。
合集	6037 正	（1）貞：翌庚申我伐，易日。庚申明陰，王來金首，雨小。

二、陰・大采

在「明」與「大采」的組合中，詞項分作：

（一）「陰・大采」

卜辭中「陰」後接「大采」之辭。

例：

著　　錄	編號／【綴合】／（重見）	卜　　辭
合集	12424	（2）貞：翌庚辰不雨。庚辰〔陰〕，大采……
合集	12425+《珠》766（《合補》3770）	（2）貞：翌庚辰不雨。庚辰陰，大采雨。

三、陰・大食

在「陰」與「大食」的組合中，詞項分作：

（一）「陰・大食」

卜辭中「陰」後接「大食」之辭。

例：

著　錄	編號／【綴合】／（重見）	卜　辭
合集	40341（《英藏》1101）	（1）丙申卜，翌丁酉酚伐，戉。丁明陰，大食日戉。一月。

四、昃・陰

在「昃」與「陰」的組合中，詞項分作：

（一）「昃・陰」

卜辭中「昃」後接「陰」之辭。

例：

著　錄	編號／【綴合】／（重見）	卜　辭
合集	13312（下部重見《合集》15162）	（1）□□〔卜〕，爭，貞：翌乙卯其宜，易日。乙卯宜，允易日。昃陰，于西。六〔月〕。

五、夕・陰

在「夕」與「陰」的組合中，詞項分作：

（一）「夕・陰」

卜辭中「夕」後接「陰」之辭。

例：

著　錄	編號／【綴合】／（重見）	卜　辭
合集	672 正+《故宮》74177（參見《合補》100 正）	（22）……翌癸卯帝不令風，夕陰。
合集	11814+12907【《契》28】	（1）庚申卜，辛酉雨。 （2）辛酉卜，壬戌雨。風，夕陰。 （3）壬戌卜，癸亥雨。之夕雨。 （5）癸亥卜，甲子雨。 （6）……雨…… （8）己巳卜，庚午雨。允雨。 （9）庚午不其雨。

		（10）庚午卜，辛未雨。 （11）辛未不其雨。 （12）辛〔未〕卜，壬〔申〕雨。 （13）壬申不其雨。 （14）癸酉不其〔雨〕。

（二）「夕……陰」

卜辭中「夕」後有其他描述，或辭例不全，再接「陰」之辭。

例：

著　錄	編號／【綴合】／（重見）	卜　辭
合集	12476+13447+《合補》4759【《契》31】	（1）丁酉卜，方，貞：今夕亡囚。陰。
合集	13462	□夕攼……陰。

柒、一日以上的陰

一、今──陰

在「今」與「陰」的組合中，詞項分作：

（一）「今日・陰」

卜辭中「今日」後接「陰」之辭。

例：

著　錄	編號／【綴合】／（重見）	卜　辭
英藏	01845	其今日陰，不雨。

二、翌──陰

在「翌」與「陰」的組合中，詞項分作：

（一）「翌日・陰」

卜辭中「翌日」後接「陰」之辭。

例：

著　錄	編號／【綴合】／（重見）	卜　辭
合集	28537	（1）翌日戊王其田，不遘雨。 （2）田，翌日戊陰。吉。

（二）「翌……陰」

卜辭中「翌」後有其他描述，再接「陰」之辭。

例：

著　　錄	編號／【綴合】／（重見）	卜　　辭
合集	456 正	（1）甲午卜，爭，貞：翌乙未用羌。用，之日陰。

三、陰──月

在「陰」與「月」的組合中，詞項分作：

（一）「陰‧月」

卜辭中「陰」後接「月份」之辭。

例：

著　　錄	編號／【綴合】／（重見）	卜　　辭
合集	13452	癸巳〔卜〕，翌甲〔午〕攸。甲陰。六月。
合集	20966	（1）癸酉卜，王〔貞〕：旬。四日丙子雨自北。丁雨，二日陰，庚辰……一月。

（二）「陰‧□月」

卜辭中「陰」後接「月份」，但月份之數有殘缺之辭。

例：

著　　錄	編號／【綴合】／（重見）	卜　　辭
合集	21013	（2）丙子佳大風，允雨自北，以風。佳戊雨。戊寅不雨。㱿曰：征雨，〔小〕采𠦡，夕日陰，不〔雨〕。庚戌雨陰征。□月。

捌、描述陰之狀態變化

一、允陰

在氣象卜辭的「允陰」詞項分作：

（一）「允陰」

卜辭中含有「允陰」、「允明陰」等之辭。

例：

著　　錄	編號／【綴合】／（重見）	卜　　辭
合集	13458	（2）……不雨……允陰。六月。

合集	11506 反	（1）王固曰：之日弜雨。乙卯允明陰，气凵（阱），食日大晴。

玖、混和不同天氣現象的陰

一、陰‧雨

在「陰」與「雨」的組合中，詞項分作：

（一）「陰‧雨」

卜辭中「陰」後接「雨」、「不雨」、「大采雨」、「允雨」等之辭。

例：

著　錄	編號／【綴合】／（重見）	卜　辭
合集	12357+12456+《英藏》1017（《合集》13446、《合補》3733）【《合補》13227】	（1）丁□卜，內，翌戊□□雨。陰。 （2）丙戌卜，內，翌丁亥不其雨。丁亥雨。 （3）茲不钾，雨。 （4）丁亥卜，內，翌戊子不其雨。戊陰，不雨。 （5）戊子卜，內，翌己丑雨。己钗。 （6）〔己〕丑卜，內，翌庚寅雨。不雨，陰。 （7）翌己丑不其雨。 （8）〔庚〕寅不其雨。
合集	6943	（8）辛酉卜，設，貞：自今至于乙丑其雨。壬戌雨，乙丑陰，不雨。
合集	11483 正	（1）〔癸未〕卜，爭，貞：翌〔甲〕申易日。之夕月业食，甲陰，不雨。
合集	12425+《珠》766【《合補》3770】	（2）貞：翌庚辰不雨。庚辰陰，大采雨。
合集	20908	（1）戊寅卜，陰，其雨今日🤸。〔中〕日允〔雨〕。

二、陰‧啟

在「陰」與「啟」的組合中，詞項分作：

（一）「陰‧啟」

卜辭中「陰」後接「啟」、「弗起」等之辭。

例：

著　錄	編號／【綴合】／（重見）	卜　辭
合集	13074 甲+13074 乙+13449【《契》37】	（1）丁……翌……啟 （2）辛丑卜，宁，翌壬寅啟。壬寅陰。

| | | （3）壬寅卜，宁，翌癸卯易日。允易日。
（4）癸卯卜，宁，翌甲辰攸。允攸。
（5）甲辰卜，宁：翌乙巳不其攸。
（6）乙巳卜，宁：翌丙午不其攸。
（7）□□□，□翌丁未……其攸。 |
| 合集 | 20922 | 癸卯，貞：旬。甲辰雨，乙巳陰，丙午弗攸。 |

三、陰・風

在「陰」與「風」的組合中，詞項分作：

（一）「陰・風」

卜辭中「陰」後接「風」之辭。

例：

著　錄	編號／【綴合】／（重見）	卜　辭
合集	685 反	（3）王固曰：陰，不雨。壬寅不雨，風。
合集	13382	……風……陰……

第三節　雲

壹、雲字概述與詞項義類

甲骨文字中的「雲」基本作「ㄢ」形，從上旬（蜷）聲，作為雲氣之雲，但在甲骨文字的用法中，因為音近也被假借為言語之「云」，故字形演變後加雨作雲，以表本義。

與雲量相關的卜辭「雲」之詞目，共分為六大類，每類再細分不同的詞項，可見下表與分項說明。

詞　目	詞　項			
表示程度大小的雲	大雲	从雲		
描述方向性的雲	各雲	雲・自		
與祭祀相關的雲	叀——雲	酚——雲	雲・犧牲	
對雲的心理狀態	壱雲	雲——大吉		
一日之內的雲	昃——雲	夕——雲		
混和不同天氣現象的雲	雲・雨	雲・啟	雲・虹	風・雲
	雲・雷			

貳、表示程度大小的雲

一、大雲

大雲當指雲勢發展旺盛之貌。

二、従雲

従從彳從从，或可視為从加義符彳，表示動作，類从雨，為平順之雨，従雲為雲貌平緩之狀。

參、描述方向性的雲

一、各雲

各雲謂有雲來之貌。

二、雲‧自

雲自某方而來，便可見其風向。

肆、與祭祀相關的雲

一、叀──雲

叀雲、叀于某雲，是將雲視為祭祀對象。

二、酚──雲

酚雲，是將雲視為祭祀對象。

三、雲‧犧牲

此處的犧牲，似較有可能將豕、羊、犬等，與雲同樣視為祭祀對象。

伍、對雲的心理狀態

一、壱雲

甲骨文中的「𢀛」字，從止從它，隸定為「壱」，指災害禍事，用為患害之義，而氣象卜辭中的「壱雲」，則表示帶來禍害之雲，然雲本身並不會帶來災禍，較有可能的是這樣的雲，可能會帶來災害性的降雨。

二、雲──大吉

在將雲作為祭祀對象的卜辭中，其吉凶判語皆為大吉，這可能與卜辭中所提及的「有雨」有關，亦即當時缺乏雨水，而期盼藉由祭祀雲，獲得降雨。

陸、一日之內的雲

一、昃──雲

卜辭中「雲」與其他時間段的組合，僅見「昃」、「昃日」有關，雖僅見兩版，例證不多，但從大氣成因而言，形成雲的兩項要素，一為水汽，一為溫度，而兩者作用形成雲的方式有三類：對流（convection）、地型抬升（orographic lifting）以及動力抬升（dynamic lifting），其中最常為一般人所感知、理解的是對流。對流是直接受日照相關的作用，一般在下午兩點左右，太陽輻射效應會使得地面溫度達到一日內的最高溫，這時大氣中的水氣變化較為劇烈，有利於雲的生成，以及產生其他天氣現象的變化。而「昃」的時間約在下午兩點左右，也正是在大氣變化較為劇烈的時間點。（時稱說明參見第二章 第一節　壹　八、一日之內的雨）

二、夕──雲

此項僅見一條夕……雲的殘辭。（時稱說明參見第二章 第一節　壹　八、一日之內的雨）

柒、混和不同天氣現象的雲

一、雲‧雨

在甲骨卜辭中許多氣象詞並不單獨出現，如「雲」、「雨」相連，此兩者在天氣學上是具有相關性的。

二、雲‧啟

在甲骨卜辭中許多氣象詞並不單獨出現，如「雲」、「啟」相連，此兩者在天氣學上是具有相關性的。

三、雲‧虹

在甲骨卜辭中許多氣象詞並不單獨出現，如「雲」、「虹」相連，此兩者在天氣學上是具有相關性的。

四、風‧雲

在甲骨卜辭中許多氣象詞並不單獨出現，如「雲」、「風」相連，此兩者在天氣學上是具有相關性的。

五、雲‧雷

在甲骨卜辭中許多氣象詞並不單獨出現，如「雲」、「雷」相連，此兩者在天氣學上是具有相關性的。

貳、程度大小的雲

一、大雲

在氣象卜辭的「大雲」詞項分作：

（一）「大雲」

卜辭中含有「大雲」之辭。

例：

著　錄	編號／【綴合】／（重見）	卜　辭
合集	19769	（2）……風……化隹……北西……大云……

二、㣿雲

在氣象卜辭的「㣿雲」詞項分作：

（一）「㣿雲」

卜辭中含有「㣿雲」之辭。

例：

著　錄	編號／【綴合】／（重見）	卜　辭
合集	27435	（3）㣿云。

參、描述方向性的雲

一、各雲

在氣象卜辭的「各雲」詞項分作：

（一）「各雲」

卜辭中含有「各雲」之辭。

例：

著　錄	編號／【綴合】／（重見）	卜　辭
合集	10405 反	（4）王固曰：㞢希。八月庚戌㞢各云自東面母，㫃〔亦〕㞢出虹自北歙于河。□月。

| 合集 | 11501+11726【《合補》2813、《綴集》83】 | ……𦥯。大采烙云自北，西單雷……〔小〕采日，鳥晴。三月。 |

二、雲・自

在「雲」與「自」的組合中，詞項分作：

（一）「雲・自」

卜辭中「雲」後接「自東」、「自南」、「自北」等之辭。

例：

著　錄	編號／【綴合】／（重見）	卜　辭
合集	10406 反	（4）王固曰：出希。八月庚戌出各云自東面母，昃亦出出虹自北歙于〔河〕。
合補	3852 正（《東大》1020 正）	……云自南，雨。
合集	21021 部份+21316+21321+21016【《綴彙》776】	（1）癸未卜，貞：旬。甲申人定雨……雨……十二月。 （4）癸卯貞，旬。□大〔風〕自北。 （5）癸丑卜，貞：旬。甲寅大食雨自北。乙卯小食大啟。丙辰中日大雨自南。 （6）癸亥卜，貞：旬。一月。昃雨自東。九日辛丑大采，各云自北，雷征，大風自西刜云，率〔雨〕，母𦉢日……一月。 （8）癸巳卜，貞：旬。之日巳，羌女老，征雨小。二月。 （9）……大采日，各云自北，雷，風，茲雨不征，隹嫁…… （10）癸亥卜，貞：旬。乙丑夕雨，丁卯明雨……采日雨。〔風〕。己明啟。三月。

肆、與祭祀相關的雲

一、叀・雲

在「叀」與「雲」的組合中，詞項分作：

（一）「叀・雲」

卜辭中「叀」後接「雲」之辭。

例：

著　錄	編號／【綴合】／（重見）	卜　辭
合集	1051 正	（1）己丑卜，爭，貞：亦乎雀夒于云尨。 （2）貞：勿呼雀夒于云尨。
合集	13400	乙卯卜，殸，〔貞〕：夒于云……

二、酚・雲

在「酚」與「雲」的組合中，詞項分作：

（一）「酚・雲」

卜辭中「酚」後接「雲」之辭。

例：

著　錄	編號／【綴合】／（重見）	卜　辭
合集	13399 正	己亥卜，永，貞：翌庚子酚……王固曰：茲隹庚雨卜。之〔夕〕雨，庚子酚三薔云，戠〔其〕……既祝，戉。
屯南	651+671+ 689【《綴彙》358】	（2）叀三羊用，又雨。大吉 （3）叀小宰，又雨。吉 （4）叀岳先酚，廼酚五云，又雨。大吉 （5）……五云……酚。

三、雲・犧牲

在「雲」與「犧牲」的組合中，詞項分作：

（一）「雲・犧牲」

卜辭中「雲」後接「犧牲」之辭。

例：

著　錄	編號／【綴合】／（重見）	卜　辭
合集	13402	……夒〔于〕云，一羊。
合集	33273+41660（部份重見《合集》34707）【《合補》10639】	（15）癸酉卜，又夒于六云五豕，卯五羊。 （16）癸酉卜，又夒于六云六豕，卯六羊。

伍、對雲的心理狀態

一、壱雲

在氣象卜辭的「壱雲」詞項分作：

（一）「壱雲」

卜辭中含有「壱雲」之辭。

例：

著　　錄	編號／【綴合】／（重見）	卜　　辭
合集	13403	（1）貞：隹□□壱云。 （2）貞：隹□□壱云。
屯南	2105	（6）隹高祖亥〔壱〕云。

二、雲──大吉

在「雲」與「大吉」的組合中，詞項分作：

（一）「雲──大吉」

卜辭中「雲」後接「大吉」之辭。

例：

著　　錄	編號／【綴合】／（重見）	卜　　辭
合集	689+《屯南》651+《屯南》671	（3）叀岳先酚，廼酚五云，又雨。大吉 （4）……五云……酚。
屯南	651+671+ 689【《綴彙》358】	（2）叀三羊用，又雨。大吉 （3）叀小宰，又雨。吉 （4）叀岳先酚，廼酚五云，又雨。大吉 （5）……五云……酚。

陸、一日之內的雲

一、雲……昃

在「雲」與「昃」的組合中，詞項分作：

（一）「雲……昃」

「雲」後辭例不全，或有其他描述，再接「昃」之辭。

例：

著　　錄	編號／【綴合】／（重見）	卜　　辭
合集	11728 反+13159 反【《甲拼續》582】	……勿攸，其云椎其昃日。
合集	13442 正	戊……又。王固〔曰〕……隹丁吉，其……□未允……允屮異，朙〔屮各〕云……昃亦屮異，屮出虹自北，〔歆〕于河。才十二月。

　　詞項一「雲……㞑」所收《合集》11728 反+13159 反【《甲拼續》582】裡的「雲」字，其字形作「❷」，與一般的云字不同，黃天樹轉述最早是由裘錫圭講授古文字學課程時，提出此字釋為雲，王子揚據林澐、蔡哲茂的字形分析方法，並由本版正面言:「翌辛巳易日」，反面言「勿啟」，互有關聯，可以連讀，因此「❷」當釋為「雲」。而本辭的椎可能是從隹得聲，形聲字中凡從某聲多有某義，但從隹聲之字極多，或有與語氣詞有關，如:唯、惟;或與鳥禽相關，如:睢、雖，而具有疊加之義的堆、椎等字，是否也符合這樣定則，仍需要全面的審視，不過王子揚認為:椎，表示雲層堆積一類的天氣現象，從意思及卜辭的語境上來看是很合理的。〔註6〕

《合集》11728 正+13159 正【《甲拼續》582】　　《合集》11728 反+13159 反【《甲拼續》582】

二、雲……夕

在「雲」與「夕」的組合中，詞項分作:

（一）「雲……夕」

「雲」後辭例不全，或有其他描述，再接「夕」之辭。

例:

〔註6〕云字字形作「❷」。參見黃天樹:〈說甲骨文的「陰」和「陽」〉，《黃天樹古文字論集》，頁 216、王子揚:《甲骨文字形類組差異現象研究》，頁 324～327。另，王子揚也對「勿啟」一詞覺得可疑:「按常理應該說「不啟」。如果此處刻寫不誤，則「勿啟」也可能與天氣無關，表示不要啟動。」

著　錄	編號／【綴合】／（重見）	卜　辭
合集	13398	乙酉卜，貞：……云夕……

柒、混和不同天氣現象的雲

一、雲・雨

在「雲」與「雨」的組合中，詞項分作：

（一）「雲・雨」

卜辭中「雲」後接「雨」、「不雨」、「其雨」、「不其雨」、「又雨」、「征雨」等之辭。

例：

著　錄	編號／【綴合】／（重見）	卜　辭
合集	5600	（3）貞：茲云雨。
合集	21022	（4）……云其雨，不雨。 （5）各云不其雨，允不祆。
合補	3992 正乙	（2）癸卯〔卜〕，㞢，貞：茲云其雨。
合集	13390 正	（3）貞：茲柒云其雨。 （4）貞：茲柒云不其雨。
合集	689+《屯南》651+《屯南》671	（3）叀岳先酚，廼酚五云，又雨。大吉 （4）……五云……酚。
合集	21021 部份+21316+21321+21016【《綴彙》776】	（1）癸未卜，貞：旬。甲申人定雨……雨……十二月。 （4）癸卯貞，旬。□大〔風〕自北。 （5）癸丑卜，貞：旬。甲寅大食雨自北。乙卯小食大啟。丙辰中日大雨自南。 （6）癸亥卜，貞：旬。一月。昃雨自東。九日辛丑大采，各云自北，雷征，大風自西刜云，率〔雨〕，母譱日……一月。 （8）癸巳卜，貞：旬。之日巳，羌女老，征雨小。二月。 （9）……大采日，各云自北，雷，風，茲雨不征，隹婞…… （10）癸亥卜，貞：旬。乙丑夕雨，丁卯明雨……采日雨。〔風〕。己明啟。三月。

二、雲・啟

在「雲」與「啟」的組合中，詞項分作：

（一）「雲・啟」

卜辭中「雲」後接「啟」之辭。

例：

著　錄	編號／【綴合】／（重見）	卜　辭
合集	13399 正	己亥卜，永，貞：翌庚子酚……王固曰：茲隹庚雨卜。之〔夕〕雨，庚子酚三彗云，姦〔其〕……既祝，攸。
合集	13404（《旅順》573）	……其雨，不……入云。杯……若，茲寧……暈……既攸牛……印。大隻……上𢀛鼎剢……云，大愛……攸。

三、雲・虹

在「雲」與「虹」的組合中，詞項分作：

（一）「雲・虹」

卜辭中「雲」後接「虹」之辭。

例：

著　錄	編號／【綴合】／（重見）	卜　辭
合集	10406 反	（4）王固曰：出希。八月庚戌出各云自東面母，昃亦出出虹自北歈于〔河〕。
合集	13442 正	戊……又。王固〔曰〕……隹丁吉，其……□未允……允出設，朙〔出各〕云……昃亦出設，出出虹自北，〔歈〕于河。才十二月。

四、風・雲

在「雲」與「雨」的組合中，詞項分作：

（一）「風・雲」

卜辭中「風」後接「雲」之辭。

例：

著　錄	編號／【綴合】／（重見）	卜　辭
合集	21021 部份+21316+21321+21016【《綴彙》776】	（1）癸未卜，貞：旬。甲申人定雨……雨……十二月。 （4）癸卯貞，旬。□大〔風〕自北。 （5）癸丑卜，貞：旬。甲寅大食雨自北。乙卯小食大啟。丙辰中日大雨自南。

		（6）癸亥卜，貞：旬。一月。昃雨自東。九日辛 丑大采，各云自北，雷征，大風自西刜云， 率〔雨〕，母龘日……一月。
		（8）癸巳卜，貞：旬。之日巳，羌女老，征雨小。 二月。
		（9）……大采日，各云自北，雷，風，茲雨不征， 隹婡……
		（10）癸亥卜，貞：旬。乙丑夕雨，丁卯明雨…… 采日雨。〔風〕。己明啟。三月。
合集	40346（《英藏》1852）	戊……各云，自……風，雷……夕己……

五、雲‧雷

在「雲」與「雨」的組合中，詞項分作：

（一）「雲‧雷」

卜辭中「雲」後接「雷」之辭。

例：

著　錄	編號／【綴合】／（重見）	卜　辭
合集	11501+11726【《合補》 2813、《綴集》83】	……𦥯。大采洛云自北，西單雷……〔小〕采日， 鳥晴。三月。
合集	13418	……羞……云〔雷〕……

第四章　甲骨氣象卜辭類編——陽光

第一節　晴

壹、晴字概述與詞項義類

　　甲骨卜辭中「⿱生晶」、「⿱生⿰日」一般釋為「星」，其在「⿱口⿰口口」（晶）字上添加聲符「生」以辨其異，據李學勤、黃天樹、王子揚等考察卜辭的用法及詞義，「⿱生晶」、「⿱生⿰日」等字，讀為「陰晴之晴」是合理的，且已與「新⿱口口」、「新大⿱口口」讀為「新星」、「新大星」用法各自有別，已屬於嚴格意義上的分工，或已可能分化為兩個字了。〔註1〕

　　與陽光相關的卜辭「晴」之詞目，共分為五大類，每類再細分不同的詞項，可見下表與分項說明。

詞　　目	詞　　項			
表示時間長度的晴	倏晴			
表示程度大小的晴	大晴			
對晴的心理狀態	不・晴			

〔註 1〕參見李學勤：〈論殷墟卜辭的新星〉，《北京師範大學學報》，第 2 期，（北京：北京師範大學，2000 年），頁 14～17 頁、黃天樹：《讀契雜記（三則）》之三「甲骨文『晶』、『曐（星）』考辨」，《黃天樹古文字論集》（北京：學苑出版社，2006 年），頁 223～226、王子揚：《甲骨文字形類組差異現象研究》（北京：首都師範大學漢語言文字學博士論文，2011 年 10 月），頁 137。

| 一日之內的晴 | 小采──晴 | 食日──晴 | 夕──晴 | |
| 一日以上的晴 | 翌・晴 | 晴・月 | | |

一、表示時間長度的晴

（一）倏晴

甲骨文字中的「🐦✦」，以往或釋為「鳥星」，然現已知「✦」當為「晴」字，據李學勤的考察《合集》11497：「伐，既雨，咸伐，亦雨，㲼卯鳥星。」與《合集》11497：「伐，既雨，咸伐，亦雨，㲼卯鳥大啟。」應當指的是同一件事。「大啟」，即「大晴」，而「鳥」則可能為副詞，讀為「倏」，訓為疾速；「鳥」字古音在端母幽部，從「攸」聲的字古音多在透母、喻母或定母幽部，「倏」字歸在書母覺部應當是較晚之事，而「鳥」、「倏」兩字古音皆為舌音，韻部相同，其音當近，或可通讀。「鳥星」讀為「倏晴」，意即很快地放晴。〔註2〕

二、表示程度大小的晴

（一）大晴

「大晴」其義當與「大啟」同，但啟與晴的區別當是在啟有開啟之義，有撥雲見日的意味，據此啟之前的天氣現象可能並非一般所謂好天氣，或許有雲、有雨或陰，而「大晴」應當強調的是「晴」，即有陽光的狀態，唯目前所見之氣象卜辭，「晴」、「啟」的區別並不明顯。

三、對晴的心理狀態

（一）不・晴

甲骨文中的否定詞與「晴」組合的僅有「不」而本項也將「母其晴」收於此中；「母其晴」即為「毋其晴」，與否定詞「不」相類。

四、一日之內的晴

（一）小采──晴

卜辭中與「小采」相關的「晴」。（時稱說明參見第二章 第一節 壹 八、一日之內的雨）

〔註 2〕李學勤：〈論殷墟卜辭的「星」〉，《鄭州大學學報》，第 4 期，（1981 年），頁 89～90、李學勤〈續說「鳥星」〉，《夏商周年代學箚記》，（遼寧：遼寧大學出版社，1999 年），頁 62～66。

（二）食日——晴

卜辭中與「食日」相關的「晴」。（時稱說明參見第二章　第一節　壹　八、一日之內的雨）

（三）夕——晴

卜辭中與「夕」相關的「晴」。（時稱說明參見第二章　第一節　壹　八、一日之內的雨）

五、一日以上的晴

（一）翌‧晴

本項中卜將來之日，是否會放晴的兩條卜辭，皆是否定的「翌壬辰不其晴」及「翌戊申母其晴」。（時稱說明參見第二章　第一節　壹　八、一日之內的雨）

（二）晴‧月

甲骨卜辭中除了以日（干支）為時間單位的紀錄以外，也見有以月為時間單位的紀錄，本詞項所收含有「月」的卜辭並非指整個月都是「晴」的狀態，而是某月有「卜晴」的紀錄。（時稱說明參見第二章　第一節　壹　八、一日之內的雨）

貳、表示時間長度的晴

一、倏晴

在氣象卜辭的「倏晴」詞項分作：

（一）「倏晴」

卜辭中含有「倏晴」之辭。

例：

著　錄	編號／【綴合】／（重見）	卜　辭
合集	11497 正	（3）丙申卜，殼，貞：來乙巳彫下乙。王固曰：彫，隹业希，其业異。乙巳彫，明雨，伐既，雨，咸伐，亦雨，攺卯鳥，晴。
合集	11498 正	（3）丙申卜，殼，貞：〔來〕乙巳彫下乙。王固曰：彫，隹业希，其业異。乙巳明雨，伐既，雨，咸伐，亦雨，攺鳥，晴。

參、表示程度大小的晴

一、大晴

在氣象卜辭的「大晴」詞項分作：

（一）「大晴」

卜辭中含有「大晴」之辭。

例：

著　錄	編號／【綴合】／（重見）	卜　辭
合集	11502	……冬夕……羸，亦大晴。
合集	11506 反	（1）王固曰：之日弜雨。乙卯允明陰，气卣（阱），食日大晴。

肆、對晴的心理狀態

一、不‧晴

在「不」與「晴」的組合中，詞項分作：

（一）「不‧晴」

卜辭中含有「不其晴」、「母其晴」等之辭。

例：

著　錄	編號／【綴合】／（重見）	卜　辭
合集	11495 正	貞：翌壬辰不其晴。
合集	11496 正	貞：翌戊申母其晴。

伍、一日之內的晴

一、小采‧晴

在「小采」與「晴」的組合中，詞項分作：

（一）「小采‧晴」

「小采」後接「晴」之辭。

例：

著　錄	編號／【綴合】／（重見）	卜　辭
合集	11501+11726【《合補》2813、《綴集》83】	……韋。大采烙云自北，西單雷……〔小〕采日，鳥晴。三月。

二、食日・晴

在「食日」與「晴」的組合中，詞項分作：

（一）「食日・晴」

「食日」後接「大晴」之辭。

例：

著　　錄	編號／【綴合】／（重見）	卜　　辭
合集	11506 反	（1）王固曰：之日㝡雨。乙卯允明陰，气卣（阱），食日大晴。

三、夕・晴

在「夕」與「晴」的組合中，詞項分作：

（一）「夕……晴」

「夕」後辭例不全，再接「大晴」之辭。

例：

著　　錄	編號／【綴合】／（重見）	卜　　辭
合集	11502	……冬夕……贏，亦大晴。

　　卜辭中「晴」與一日內的時稱組合，見有「小采」、「食日」、「夕」等辭，所見不多，但如參看同樣指天晴見陽光的「啟」，與一日內的時稱組合，便相當豐富。

　　詞項一「夕……晴」所收的卜辭「……冬夕……贏，亦大晴。」辭例並不完整，但本辭同時出現了「夕」、「亦」兩詞，前者為時稱無疑，但「亦」為何義尚有不同看法。亦字本義指腋下，在卜辭中主要作為頻率副詞「再」、「又」，以及範圍副詞「也」使用，但有些卜辭以前二種讀法似難通讀，如李宗焜舉出：「把「亦雨」講成「也下雨」是可以的。但「不亦雨」講成「不也下雨」總覺不順。卜辭有「亦有鑿」，此何不能說成「亦不雨」，而要說成「不亦雨」？「不其亦雨」講成「不其也雨」也很奇怪，何不說成「亦不其雨」？」但似乎並不是所有的氣象卜辭都可以將「亦」讀為「夜」，如胡雲鳳舉出《英藏》725 正：「癸丑卜，互貞：亦盉雨？」、《英藏》725 反：「之日允雨。」為例，表示：「如果『亦』是『夕』的一段時間，那夕的時間範圍大於亦是不能符合邏輯的。」而且卜辭中「不其」、「不」之後，常接動詞、動賓或動補結構，「不其+時間名

詞＋動詞」的句式少見。一般時間名詞置於句首。「今夕」、「今日」等也都至於「不其 v」、「不 v」之前，而為何卜辭僅見「不其亦雨」、「不亦雨」，未見「今亦不其雨」、「今亦不雨」，都難以將「亦」讀為「夜」，另裘錫圭舉《合集》13135一版中的「」字，疑為「小夜」合文。但從目前所見的甲骨卜辭中，未見一條完整且確切無疑可將「亦」讀為「夜」之辭例。〔註3〕而從字體來看，第一期至第五期的亦字並沒有什麼變化，也不見有異體分工的情形，是否「亦」多數時候表示「再」、「又」、「也」，而某些時候讀為「夜」，這便很難肯定。至於本詞項所收的「……冬夕……羸，亦大晴。」讀為「……夕夜終了……病情好轉、痊癒，又／也放晴了。」亦解釋為又或也，端看前面命辭的問題，如果殘辭主要是問病情，冬夕……病癒了，那就讀作「也放晴了」；病情明朗，天空晴朗，為類同的關係。但如果殘辭主要是問天氣，那也可能問是否下雨、是否陰天、是否放晴，那麼最後的亦，就讀作「再次放晴了」。另外夕在夜間，亦如果也讀為「夜」，雖在義類上是相同的，但「夕」、「夜」都指太陽落下，黑暗無光的時間，是否兩者時間範圍大小不同、重疊，或用法上有差異等等，還有很多問題尚未解決，有待更多證據驗證，因此暫不將「亦」讀為「夜」，亦不納入時稱。

《合集》13135

〔註3〕參見李宗焜：〈論卜辭讀為「夜」的「亦」──兼論商代的夜間活動〉，《中央研究院歷史語言研究所集刊》，第82本第4分（臺北：中央研究院歷史語言研究所，2011年12月）頁577～591、裘錫圭：〈殷墟甲骨文字考釋（七篇）〉，《裘錫圭學術文集‧甲骨文卷》，頁351、胡雲鳳：〈論殷卜辭中的「亦」字〉，《第二十五屆中國文字學國際學術研討會論文集》（台北：中國文化大學中國文學系，2014年5月），頁189～207。

陸、一日以上的晴

一、翌・晴

在「翌」與「晴」的組合中，詞項分作：

（一）「翌・晴」

「翌」後接「不其晴」、「母其晴」等之辭。

例：

著　錄	編號／【綴合】／（重見）	卜　　辭
合集	11495 正	貞：翌壬辰不其晴。
合集	11496 正	貞：翌戊申母其晴。

二、晴・月

在「晴」與「月」的組合中，詞項分作：

（一）「晴・月」

卜辭中「晴」後接「月份」之辭。

例：

著　錄	編號／【綴合】／（重見）	卜　　辭
合集	11494	……晴。七月。
合集	11500 正	（2）……霽。庚子𪃚鳥，晴。七月。

第二節　量

壹、量字概述與詞項義類

　　甲骨卜辭中「量」字歷來有不同說法，如羅振玉釋為「晝」、葉玉森釋為「暉」、于省吾釋為「㫑」，何景成釋為「督」。〔註4〕從字形上與卜辭的用例，如：

　　　　（4）：「……雨……甲午量。」

《合集》13048

　　　　（3）壬申卜，內，貞：翌乙亥其〔雨〕。乙亥□量。

　　　　（4）壬申卜，內，貞：翌乙亥不雨。乙亥……

〔註4〕參見何景成：《甲骨文字詁林補編》，頁 320～322。

《合集》12376+《乙》4906+《乙》8543+《乙補》3501+《乙》4767+

《乙》8374+《乙補》4215【《醉》368】

「☉」字應當作是一種天氣現象，日旁的橫線豎劃表示光輝之貌，故仍將此字釋為天氣現象中「暈」。

與陽光相關的卜辭「暈」之詞目，共分為四大類，每類再細分不同的詞項，可見下表與分項說明。

詞　目	詞　項			
描述方向性的暈	自……暈			
對暈的心理狀態	不暈			
一日以上的暈	暈……月			
混和不同天氣現象的暈	暈‧雨	雲‧雨‧暈	暈‧啟	

一、描述方向性的暈

（一）自……暈

在現實的大氣現象中，「暈」當在太陽週邊，並無方向性，而此所謂的方向性是根據卜辭中的其他天氣現象敘述而判斷太陽的方向，亦即「暈」的方向。卜辭中言「各云自東……雨，暈。」表示此時日暈可能在中天或西方，而絕非在東邊。

二、對暈的心理狀態

（一）不暈

「不暈」，即不會有日暈，因日暈的形成是陽光通過卷層雲時，受到冰晶的折射或反射而形成，因此出現日暈時也表示著高空水氣相對較足，天氣可能將會有變化，而在發生日暈現象之後，大多數的天氣狀況將轉為起風或下雨。而卜「不暈」之辭，也意味著先民對於大氣現象的觀察有一定的程度掌握。

三、一日以上的暈

（一）暈……月

甲骨卜辭中除了以日（干支）為時間單位的紀錄以外，也見有以月為時間單位的紀錄，本詞項所收含有「月」的卜辭並非指整個月都是「暈」的狀態，而是某月有「卜暈」的紀錄。

四、混和不同天氣現象的暈

（一）暈・雨

在甲骨卜辭中許多氣象詞並不單獨出現，如「暈」、「雨」相連，此兩者在天氣學上是具有相關性的。

（二）雲・雨・暈

在甲骨卜辭中許多氣象詞並不單獨出現，如「雲」、「雨」、「暈」相連，此兩者在天氣學上是具有相關性的。

（三）暈・啟

在甲骨卜辭中許多氣象詞並不單獨出現，如「暈」、「啟」相連，此兩者在天氣學上是具有相關性的。

貳、描述方向性的暈

一、自……暈

在「自」與「暈」的組合中，詞項分作：

（一）「自……暈」

卜辭中「自」後有其他描述，再接「暈」之辭。

例：

著　錄	編號／【綴合】／（重見）	卜　辭
合集	20944+20985 【《合補》6810】	（5）……旬……各云自東……〔雨〕，暈。

參、對暈的心理狀態

一、不暈

在氣象卜辭的「不晴」詞項分作：

（一）「不暈」

卜辭中含有「不暈」之辭。

例：

著　錄	編號／【綴合】／（重見）	卜　辭
合集	20986	（1）壬辰卜，㞢不暈。

合集	20964+21310+21025+20986【《綴彙》165】	（1）癸卯卜，貞：旬。四月乙巳中𣎴雨。 （3）癸丑卜，貞：旬。五月庚申寐人雨自西。𡖊既。 （4）辛亥[illegible]雨自東，小…… （5）……〔虹〕西…… （7）壬辰卜□乍不暈。

肆、一日以上的暈

一、暈……月

在「暈」與「月」的組合中，詞項分作：

（一）「暈……月」

卜辭中「暈」後辭例不全，再接「月份」之辭。

例：

著　錄	編號／【綴合】／（重見）	卜　辭
合集	20987	□□〔卜〕，[illegible]……暈……四月。

伍、混和不同天氣現象的暈

一、暈・雨

在「暈」與「雨」的組合中，詞項分作：

（一）「暈・雨」

卜辭中「暈」後接「雨」、「不雨」、「祉雨」等之辭。

例：

著　錄	編號／【綴合】／（重見）	卜　辭
合集	6928 正	（7）乙酉暈，旬癸〔巳〕㞢，甲午〔雨〕。
合集	12376+《乙》4906+《乙》8543+《乙補》3501+《乙》4767+《乙》8374+《乙補》4215【《醉》368】	（3）壬申卜，內，貞：翌乙亥其〔雨〕。乙亥□暈。 （4）壬申卜，內，貞：翌乙亥不雨。乙亥……

二、雲・雨・暈

在「雲」、「雨」與「暈」的組合中，詞項分作：

（一）「雲・雨・暈」

卜辭中「雲」後接「雨」再接「暈」之辭。

例：

著　　錄	編號／【綴合】／（重見）	卜　　辭
合集	20944+20985 【《合補6810》】	（5）……旬……各云自東……〔雨〕，暈。

三、暈・啟

在「暈」與「啟」的組合中，詞項分作：

（一）「暈・啟」

卜辭中「暈」後接「征啟」之辭。

例：

著　　錄	編號／【綴合】／（重見）	卜　　辭
合集	13046	……暈，冬……陰，甲子……暈，征〔啟〕……

第三節　虹

壹、虹字概述與詞項義類

甲骨文字的「虹」字作「🌈」，象雙頭龍形，卜辭言「有出虹自北飲于河」，將彩虹想像為龍自天空低頭飲水之貌。

與陽光相關的卜辭「虹」之詞目，共分為兩大類，每類再細分不同的詞項，可見下表與分項說明。

詞　　目	詞　　項		
一日之內的虹	旦……虹	昃……虹	
描述方向性的虹	虹・方向		

一、一日之內的虹

（一）旦……虹

卜辭中「虹」與其他時間段的組合，見有「旦」與「昃」兩時，前者為日出時，約上午六點，後者為日照人影側斜時，約下午兩點。彩虹又可簡稱虹，其形成的原因為陽光與空中的小水滴，以 40 至 42 度角度造成色散及反射而形成，人類視覺上明顯可見的七彩光譜。在自然環境中，排除人工彩虹，如背對陽光撒水；或特殊地形，如瀑布附近。一般在下午是較有機會見到彩虹的，因

為此時水氣及陽光照射角度都較利於彩虹的形成。清晨時水氣變化尚未受到太陽輻射而有劇烈的蒸散作用，但此時陽光照射角度較大，只要大氣中的水氣條件合適，亦有機會見到彩虹，因此於「旦」時有卜虹的紀錄，是很合理的。

與同時出現虹與時稱的氣象卜辭，很重要的作用是揭示商人已具有相當正確的科學觀察，其一是彩虹形成時必定要有足夠的水氣，即下雨過後，空氣中濕濕轆轆的狀態。其二是方向，卜辭言「大雨自東」，中間辭例未見，但後頭說「〔虹〕西」，已然清楚雨後天晴，彩虹會出現在反方向的定理。（時稱說明參見第二章 第一節 壹 八、一日之內的雨）

（二）昃……虹

昃為中午過後，理當此時陽光照射角度不大，發生彩虹的現象較少，而卜辭中也表示「昃亦有異，有出虹自北，飲于河。在十二月」在大氣現象中，彩虹發生的機率本來就並不高，此可說見到彩虹是「有異」，但在剛過中午時見到彩虹的機會又更小，因此這樣的紀錄可能反應著當時商人已經注意到彩虹較可能發生以及較少發生的時刻，同時這條卜辭恰好記下了月份在十二月，冬季時陽光南移，最南陽光直射至南回歸線（大約在南緯 23 度 26 分），相較於在北方的殷墟（安陽大約在北緯 36 度 5 分），此時陽光的照射夾角也會比夏季來的更大，因此冬天的北方中午時分，仍是有機會見到彩虹的。（時稱說明參見第二章 第一節 壹 八、一日之內的雨）

二、描述方向性的虹

（一）虹・方向

此類的辭例又可細分作「虹自某方」、「虹于某方」、「虹某方」，而因物理現象的關係，彩虹的位置必然在陽光的另一側，由這類的辭例也可推測當時陽光的位置。

貳、一日之內的虹

一、旦……虹

（一）「旦……虹」

卜辭中「旦」後有其他天氣現象的描述，後再接「虹」之辭。

例：

著　　錄	編號／【綴合】／（重見）	卜　　辭
合集	21025	九日辛亥旦大雨自東，小……〔虹〕西。

二、晵……虹

（一）「晵……虹」

卜辭中「晵」後有其他描述，後再接「虹」之辭。

例：

著　　錄	編號／【綴合】／（重見）	卜　　辭
合集	13442 正	戊……又。王固〔曰〕……隹丁吉，其……□未允……允屮異，明〔屮各〕云……晵亦屮異，屮出虹自北，〔歔〕于河。才十二月。

參、描述方向性的虹

一、虹‧方向

（一）「虹‧方向」

卜辭中「虹」後接「自北」、「于西」、「西」等之辭。

例：

著　　錄	編號／【綴合】／（重見）	卜　　辭
合集	10406 反	（4）王固曰：屮希。八月庚戌屮各云自東面母，晵亦屮出虹自北歔于〔河〕。
合集	13442 正	戊……又。王固〔曰〕……隹丁吉，其……□未允……允屮異，明〔屮各〕云……晵亦屮異，屮出虹自北，〔歔〕于河。才十二月。

第五章　甲骨氣象卜辭類編——風

第一節　風

壹、風字概述與詞項義類

於甲骨文字中並無「風」字，𠂤組、賓組、歷組卜辭以「鳳」字的象形初文來表示「風」之義，至何組、無名組、黃組卜辭時，則在「鳳」字上添加凡（盤）聲，以辨其義，然無名組卜辭中有部份的「風」字，其所從的聲符「凡（盤）」已訛變為「戉」，如：

《合集》29175　《合集》30251　《懷》1321　《懷》1319

其凡（盤）字訛變為戉的過程大致為：

$$\text{目、目——目、目——目——戉}^{〔註1〕}$$

與風相關的卜辭「風」之詞目，共分為十大類，每類再細分不同的詞項，可見下表與分項說明。

詞　目	詞　項			
表示時間長度的風	征風			
表示程度大小的風	大風	㞢風	勞風	小風

〔註 1〕參見王子揚：《甲骨文字形類組差異現象研究》（北京：首都師範大學漢語言文字學博士論文，2011 年 10 月），頁 146。

描述方向性的風	風‧自			
與祭祀相關的風	寧風	帝風	犧牲‧風	
與田獵相關的風	田‧風	獵獸‧風		
對風的心理狀態	不‧風	亡‧風	風‧壱	
一日之內的風	大采‧風	中日‧風	小采……風	夕‧風
	中条……風			
一日以上的風	今日‧風	湄日‧風	翌‧風	風‧月
描述風之狀態變化	允‧風			
混和不同天氣現象的風	風‧雨	風‧雪	風‧陰	風‧啟
	風‧雷			

一、表示時間長度的風

（一）征風

甲骨卜辭中的「征風」指連綿不絕的風勢，商人貞卜「征風」時，有半數以上會問「不征風」、「不征」，從常理來推斷，應當不喜風勢綿長不止。

二、表示程度大小的風

（一）大風

商人卜問風勢大小，最常用的詞為「大風」，相較於「叟風」、「癶風」而言，大風為較籠統的描述，因大小為一種相對性，較為主觀，也沒有明顯可以參考的對比，因此大風、小風，這類較模糊的詞彙，在一般狀況下普遍的被使用。

（二）叟風

「叟」即「撖」，于省吾指出：「按古文从手从又一也，撖應讀為驟，驟从聚聲，聲母同。朱駿聲《說文通訓定聲》謂撖字『假借為聚』……《詩‧終風》之『終風且暴』，毛傳：『暴，疾也。』是驟與暴古同訓。《爾雅‧釋天》之『日出而風為暴』，孫炎注：『暴，陰雲不興，而大風暴起。』按大風暴起猶言大風驟起。總之，甲骨文之大叟羹即大驟風，猶今言大暴風矣。」〔註2〕

（三）癶風

甲骨卜辭中有一詞做「癶風」，蔣玉斌據何景成：〈說「列」〉一文的考察，綜合認為夕、癶本為不同字，但可能因為「癶」與「𡧤」、「𡧤」、「𡧤」在刻寫上

〔註 2〕于省吾：〈釋大叟羹〉，《甲骨文字釋林》，頁12～13。

較為接近，因此在甲骨時代偶已有訛混的現象，而剢為烈之聲符，剢可讀為烈，而訛混的「烈」或也當讀作烈，因此「烈風」即「烈風」，表示猛烈之風。〔註3〕

（四）小風

小風與大風相對，也是屬於較為主觀的、定義不客觀的用詞，在卜辭中常與大風對貞。

三、與祭祀相關的風

（一）寧風

從與風相關的祭祀卜辭來看，寧風、帝風，不用等，都是希望風勢停歇，或風勢轉小，此可能因為商代多數活動可能於戶外進行，如有風則會造成不便，因此寧風之辭例較其他祭祀方法要來得多。

（二）帝風

此處之帝為祭禘之禘，在卜辭中常見「帝風，不用」之語。

（三）犧牲・風

無論是禘風或寧風等祭，搭配的犧牲種類見有牛、羊、豕、窜等。

四、與田獵相關的風

（一）田・風

一般進行田獵之時，多不希望天候惡劣，因此與風相關的田獵刻辭多半貞卜「不風」、「不冓風」，但也有少數的卜辭從吉凶判語來看，是希望有風的，如《合集》28554（1）：「王其田，遘大風。大吉」、（2）：「其遘大風。吉」這便不太好理解或與動物習性有關，也或者另有其他事件未刻寫於卜辭之上，此便不得而已。

（二）獵獸・風

商代捕抓野生動物的方法甚多，在氣象卜辭中，卜風或是有風的狀況下，相關的可見獵捕方式有：戰（狩獵）、隻（捕獲）等幾種。

〔註 3〕參見蔣玉斌：〈釋甲骨文「烈風」〉，《出土文獻與古文字研究》，第六輯，（上海：上海古籍出版社，2015 年 2 月），頁 87～92、何景成：〈說「列」〉，《中國文字研究》，第二輯，（河南：大象出版社，2008 年）頁 123～128。

五、對風的心理狀態

（一）不‧風

「不風」一詞在卜風中甚多，除單言「不風」之外，也常問「不遘風」、「不遘大風」，希望不會有風或不會遇到風。

（二）亡‧風

「亡風」表示一種狀態，目前所見與「亡風」相關的事件僅見「立中」。

（三）風‧壱

「風壱」可理解為此風將會帶來禍患之事，唯僅見一例，且辭例不全，不可知會帶來什麼禍患，也不易理解什麼樣的風會帶來禍患。

六、一日之內的風

（一）大采‧風

卜辭中與「大采」相關的「風」。（時稱說明參見第二章　第一節　壹　八、一日之內的雨。

（二）中日‧風

卜辭中與「中日」相關的「風」。（時稱說明參見第二章　第一節　壹　八、一日之內的雨。

（三）小采……風

卜辭中與「小采」相關的「風」。（時稱說明參見第二章　第一節　壹　八、一日之內的雨。

（四）夕‧風

卜辭中與「夕」相關的「風」。（時稱說明參見第二章　第一節　壹　八、一日之內的雨。

（五）中彔……風

卜辭中與「中彔」相關的「風」。（時稱說明參見第二章　第一節　壹　八、一日之內的雨。

七、一日以上的風

（一）今日・風

相對於其他氣象卜辭，以日為單位貞卜的辭例，風在「今日」一項中，特別多見，這與觀察天氣變化的限制有關。風的形成受到氣壓的影響，在古代並無氣壓計這類的科學儀器能夠感測氣壓的微小變化，因此唯有到當日，風已漸漸逼近時，才能感覺到天氣的變化，因此當日，也就是卜問時說的「今日」，就是最重要的時刻。

（二）湄日・風

風並不容易預測，因此商人卜風也幾乎不問「湄日」（整日）的風勢，貞卜天氣用「湄日」一詞則很常見於降雨。

（三）翌・風

雖說風不容易預測，但商人貞卜將來之風的次數，卻僅次於「今日」，但可以理解的是，人都想要知道未來之事，儘管並無把握，或沒有根據，仍是相信貞卜，而且問「翌」是否有風時，也會見到一些相關活動的紀錄，如王前往某地、田獵或祭祀等，這與籠統的問「今日風」、「王田・菁風」的意義不同，是有明顯的是由而貞問，且其卜問的是否有風的日子也多在兩日以內。

（四）風・月

甲骨卜辭中除了以日（干支）為時間單位的紀錄以外，也見有以月為時間單位的紀錄，本詞項所收含有「月」的卜辭並非指整個月都是「風」的狀態，而是某月有「卜風」或「允不風」的紀錄。

八、描述風之狀態變化

（一）允・風

氣象卜辭中貞卜風的驗辭，幾乎都為「允不」、「允亡」等反面的驗辭，顯然商人知道，也感覺到有風之時天氣可能將有變化，也不利於軍事行動，如「立中」之事。

九、混和不同天氣現象的風

（一）風‧雨

在甲骨卜辭中許多氣象詞並不單獨出現，如「風」、「雨」相連，此兩者在天氣學上是具有相關性的。

（二）風‧雪

在甲骨卜辭中許多氣象詞並不單獨出現，如「風」、「雪」相連，此兩者在天氣學上是具有相關性的。

（三）風‧陰

在甲骨卜辭中許多氣象詞並不單獨出現，如「風」、「陰」相連，此兩者在天氣學上是具有相關性的。

（四）風‧啟

在甲骨卜辭中許多氣象詞並不單獨出現，如「風」、「啟」相連，此兩者在天氣學上是具有相關性的。

（五）風‧雷

在甲骨卜辭中許多氣象詞並不單獨出現，如「風」、「雷」相連，此兩者在天氣學上是具有相關性的。

貳、表示時間長度的風

一、征風

在氣象卜辭的「征風」詞項分作：

（一）「征風」

卜辭中含有「征風」之辭。

例：

著　錄	編號／【綴合】／（重見）	卜　辭
合集	13337	（1）貞：今日其征風。
合集	20486	（1）辛亥卜，方至。不至……告。征風。

參、表示程度大小的風

一、大風

在氣象卜辭的「大風」詞項分作：

（一）「大風」

卜辭中含有「大風」之辭。

例：

著　錄	編號／【綴合】／（重見）	卜　辭
合集	20757	（1）己亥卜，不盈，雨戠玌印。 （2）庚子卜，不盈，大風，戠玌。
合集	21010	（1）甲申□雨，大霎。〔庚〕寅大啟。〔辛〕卯大風自北，以…… （2）……采各云自……征大風自西，削……母……

二、叟風

在氣象卜辭的「叟風」詞項分作：

（一）「叟風」

卜辭中含有「叟風」之辭。

例：

著　錄	編號／【綴合】／（重見）	卜　辭
合集	137 正（《國博》36 正）	（2）癸卯卜，爭，貞：旬無囚。甲辰□大叟風，之夕兇。乙巳□拳□五人。五月才〔　〕。
合集	10863 正【《醉》150】	（6）乙未卜，爭，貞：翌丁酉王步。丙申兇（饗）丁酉大叟風。十月。

三、㞢風

在氣象卜辭的「㞢風」詞項分作：

（一）「㞢風」

卜辭中含有「㞢風」之辭。

例：

著　錄	編號／【綴合】／（重見）	卜　辭
合集	20959	□□卜……㞢風……采雨……六日戊……
合集	21016	（2）癸亥卜，貞：旬。二月。乙丑夕雨。丁卯夂雨。戊小采日雨，㞢風。己明啟。

四、小風

在氣象卜辭的「小風」詞項分作：

（一）「小風」

卜辭中含有「小風」之辭。

例：

著　錄	編號／【綴合】／（重見）	卜　辭
合集	28972	（1）其遘大風。 （2）不遘小風。 （3）……小風。
合集	30234	其遘小風。

肆、描述方向性的風

一、風・自

在「風」與「自」的組合中，詞項分作：

（一）「風・自」

卜辭中「風」後接「自西」、「自北」等之卜辭。

例：

著　錄	編號／【綴合】／（重見）	卜　辭
合集	21014	（2）庚午日征風自北，夕□……
合集	21010	（1）甲申□雨，大雹。〔庚〕寅大改。〔辛〕卯大風自北，以…… （2）……采各云自……征大風自西，剌……母……

伍、與祭祀相關的風

一、寧風

在氣象卜辭的「寧風」詞項分作：

（一）「寧風」

卜辭中含有「寧風」之辭。

例：

著　錄	編號／【綴合】／（重見）	卜　辭
合集	13372	癸卯卜，〔字〕，貞：乎風。
合集	30246+30258【《合補》10290】	（1）丁亥卜，其乎風方重……大吉 （3）不遘大風。

二、帝風

在氣象卜辭的「帝風」詞項分作：

（一）「帝風」

卜辭中含有「帝風」之辭。

例：

著　錄	編號／【綴合】／（重見）	卜　辭
合集	14226	（1）叀帝史風一牛。
合集	18915+34150+35290（《國博》98）【《合補》10605甲、乙】	（1）庚午卜，辛未雨。 （2）庚午卜，壬申雨。允雨。 （3）辛未卜，帝風。不用。亦雨。

三、犧牲・風

在「犧牲」與「自」的組合中，詞項分作：

（一）「犧牲・風」

卜辭中「風」前或「風」後接「牛」、「羊」、「豕」、「宰」、「犬」等犧牲之辭。

例：

著　錄	編號／【綴合】／（重見）	卜　辭
合集	14226	（1）叀帝史風一牛。
合集	34137	（1）甲戌，貞：其乎風，三羊、三犬、三豕。
合集	21080	（1）帝風九豕。
合集	14984 反（《中科院》582 反）	〔乙〕丑允用二宰〔風〕。〔註4〕
合集	14225（《合補》4062、《東大》1144）	……于帝史風二犬。

〔註4〕「丑」字上當為「乙」之殘筆，「允」下應為「用」字。據《中科院》補。

陸、與田獵相關的風

一、田・風

在「田」與「風」的組合中，詞項分作：

（一）「田・風」

卜辭中「田」後接「風」、「不風」、「其風」、「遘大風」、「不遘大風」等之辭。

例：

著　錄	編號／【綴合】／（重見）	卜　辭
合集	10937 反	（1）之日不田，風。
合集	28553	（2）翌日壬王其田，不風。
合集	28677	壬王弜田，其風。
合集	38186	（1）其〔遘〕大風。 （2）壬寅卜，貞：今日王其田噧，不遘大風。 （3）其遘大風。 （4）乙卯卜，貞：今日王田憲，不遘大風。 （5）〔其〕遘〔大〕風。
合集	28558	（1）其菁大風。 （2）辛王其田，不〔菁〕大風。

二、獵獸・風

在氣象卜辭的「獵獸・風」詞項分作：

（一）「獸・風」

卜辭中「風」後接「獸」等之辭。

例：

著　錄	編號／【綴合】／（重見）	卜　辭
合集	20757	（1）己亥卜，不歪，雨獸玨印。 （2）庚子卜，不歪，大風，獸玨。

（二）「風・隻」

卜辭中「風」後接「隻」等之辭。

例：

著　　錄	編號／【綴合】／（重見）	卜　　辭
合集	10514	（3）甲寅卜，乎鳴网雉。隻。丙辰風，隻五。 （6）之夕風。

柒、對風的心理狀態

一、不‧風

在氣象卜辭的「不風」詞項分作：

（一）「不風」

卜辭中含有「不風」之辭。

例：

著　　錄	編號／【綴合】／（重見）	卜　　辭
合集	3406 正+4907 正+《乙補》1125+無號甲+13347【《醉》340】	（1）今日其風。 （2）今日不風。
合集	10020	（5）癸酉卜，乙亥不風。 （6）乙亥其風。

（二）「不‧風」

卜辭中「不」後接「令風」、「菁風」、「菁大風」、「菁小風」、「征風」等之辭。

例：

著　　錄	編號／【綴合】／（重見）	卜　　辭
合集	672 正+《故宮》74177【《合補》100 正】	（22）……翌癸卯帝不令風，夕陰。 （23）貞：翌癸卯帝其令風。
合集	38188	（1）其菁大風。 （2）不菁風。 （3）風。
合集	28972	（1）其菁大風。 （2）不菁小風。 （3）……小風。
合集	28556	（4）今日辛王其田，不菁大風。大〔吉〕 （5）……風……
合集	40347（《英藏》1099）	□戌……雨，不征風。

二、亡・風

在「亡」與「風」的組合中，詞項分作：

（一）「亡・風」

卜辭中含有「亡風」、「亡來風」等之辭。

例：

著　錄	編號／【綴合】／（重見）	卜　辭
合集	13356	（1）其㞢風。 （2）亡風。
合集	775 正	（6）貞：亡來風。

三、風・壱

在「風」與「壱」的組合中，詞項分作：

（一）「風・壱」

卜辭中「風」後接「壱」之辭。

例：

著　錄	編號／【綴合】／（重見）	卜　辭
合集	34034（《合補》10922、《天理》533）	□未卜，若風〔壱〕……

捌、一日之內的風

一、大采・風

在「大采」與「風」的組合中，詞項分作：

（一）「大采・風」

卜辭中「大采」後接「大㞢風」、「征大風」等之辭。

例：

著　錄	編號／【綴合】／（重見）	卜　辭
合集	13377+18792+18795+《合補》2294【《甲拼續》458、《綴彙》335】	（1）癸……旬亡〔囚〕……㞢七日㐫己卯〔大〕采日大㞢風，雨。㫇伐。五〔月〕。
合集	21021 部份+21316+21321+21016【《綴彙》776】	（1）癸未卜，貞：旬。甲申人定雨……雨……十二月。 （4）癸卯貞，旬。□大〔風〕自北。

（5）癸丑卜，貞：旬。甲寅大食雨自北。乙卯小食大啟。丙辰中日大雨自南。
（6）癸亥卜，貞：旬。一月。昃雨自東。九日辛丑大采，各云自北，雷征，大風自西刜云，率〔雨〕，母蕭日……一月。
（8）癸巳卜，貞：旬。之日巳，羌女老，征雨小。二月。
（9）……大采日，各云自北，雷，風，茲雨不征，隹婞……
（10）癸亥卜，貞：旬。乙丑夕雨，丁卯明雨……采日雨。〔風〕。己明啟。三月。

（二）「風……采」

卜辭中「風」後辭例不全再接「采」之辭。

例：

著　　錄	編號／【綴合】／（重見）	卜　　辭
合集	20959	□□卜……子風……采雨……六日戊……

二、中日・風

在「中日」與「風」的組合中，詞項分作：

（一）「中日・風」

卜辭中「中日」後接「風」之辭。

例：

著　　錄	編號／【綴合】／（重見）	卜　　辭
合集	13343	（1）……中日風。

三、小采……風

在「中日」與「風」的組合中，詞項分作：

（一）「小采……風」

卜辭中「小采」後有其他描述，再接「止風」之辭。

例：

著　　錄	編號／【綴合】／（重見）	卜　　辭
合集	21016	（1）……〔旬〕大〔風〕自北。 （2）癸亥卜，貞：旬。二月。乙丑夕雨。丁卯明雨。戊小采日雨，止〔風〕。己明啟。

四、夕‧風

在「夕」與「風」的組合中，詞項分作：

（一）「夕‧風」

卜辭中「夕」後接「風」之辭。

例：

著　錄	編號／【綴合】／（重見）	卜　辭
合集	10514	（3）甲寅卜，乎鳴网雉。隻。丙辰風，隻五。 （6）之夕風。
合集	13338 正	（1）戊戌卜，永，貞：今日其夕風。 （2）貞：今日不夕風。

（二）「夕……風」

卜辭中「夕」後有其他描述，再接「風」之辭。

例：

著　錄	編號／【綴合】／（重見）	卜　辭
合集	13351	貞：今夕雨。之夕攺。風。

（三）「風‧之夕」

卜辭中「風」後接「之夕」之辭。

例：

著　錄	編號／【綴合】／（重見）	卜　辭
合集	137 正	（2）癸卯卜，爭，貞：旬無囚。甲辰□大豉風， 之夕𤔌。乙巳□奉□五人。五月。才〔章〕。
合集	367 正	（2）癸卯卜，殼，〔貞：旬亡〕囚。王固曰：㞢希…… 〔大〕豉風，〔之夕〕𤔌……羌五。

（四）「風‧夕‧天氣」

卜辭中「風」後接「夕」再接「陰」、「雨」天氣詞等之辭。

例：

著　錄	編號／【綴合】／（重見）	卜　辭
合集	672 正+《故宮》74177（《補編》100 正）	（22）……翌癸卯帝不令風，夕陰。 （23）貞：翌癸卯帝其令風。
合集	11814+12907【《契》28】	（1）庚申卜，辛酉雨。 （2）辛酉卜，壬戌雨。風，夕陰。

		（3）壬戌卜，癸亥雨。之夕雨。
		（5）癸亥卜，甲子雨。
		（6）……雨……
		（8）己巳卜，庚午雨。允雨。
		（9）庚午不其雨。
		（10）庚午卜，辛未雨。
		（11）辛未不其雨。
		（12）辛〔未〕卜，壬〔申〕雨。
		（13）壬申不其雨。
		（14）癸酉不其〔雨〕。
合集	13225+39588【《契》191】	（3）癸酉卜，旮，貞：翌乙亥易日。乙亥宜于水，風，之夕雨。

五、中彔……風

在「中彔」與「風」的組合中，詞項分作：

（一）「中彔‧風」

卜辭中「中彔」後辭例不全，再接「風」之辭。

例：

著　錄	編號／【綴合】／（重見）	卜　辭
合集	13375 正	……〔壴〕……壬其雨，不……中彔〔允〕……辰亦……風。

玖、一日以上的風

一、今日‧風

在「今日」與「風」的組合中，詞項分作：

（一）「今日‧風」

卜辭中「今日」後接「風」、「其風」、「不風」、「夕風」、「寧風」、「征風」等之辭。

例：

著　錄	編號／【綴合】／（重見）	卜　辭
合集	24934	丁卯卜，大，貞：今日風。
合集	3406 正+4907 正+《乙補》1125+無號甲+13347【《醉》340】	（1）今日其風。 （2）今日不風。

合集	13338 正	（1）戊戌卜，永，貞：今日其夕風。 （2）貞：今日不夕風。
屯南	2772	（2）其㞢風，雨。 （4）辛巳卜，今日㞢風。
合集	13337	（1）貞：今日其征風。

（二）「今日……風」

卜辭中「今日」後有其他描述，再接「風」、「不風」、「不遘大風」等之辭。

例：

著　錄	編號／【綴合】／（重見）	卜　辭
合集	13339	丙子……㱿……今〔日〕……風。一月。
合集	21019	（1）辛未卜，王，貞：今辛未大風不隹囚。
合集	28556	（4）今日辛王其田，不菁大風。大〔吉〕 （5）……風……

（三）「……日‧風」

卜辭中「日風」前有其他描述，或辭例不全之辭。

例：

著　錄	編號／【綴合】／（重見）	卜　辭
合集	13342	□□卜……日風……亡災。
合集	34036	（4）丙寅卜，日風不丹。

二、湄日‧風

在「湄日」與「風」的組合中，詞項分作：

（一）「湄日‧風」

卜辭中「湄日」後接「不風」之辭。

例：

著　錄	編號／【綴合】／（重見）	卜　辭
合集	28259+30255【《合補》9578】	（2）湄日不風。 （3）其風。

三、翌‧風

在「翌」與「風」的組合中，詞項分作：

（一）「翌‧風」

卜辭中「翌」後接「其風」、「不其風」、「其大風」、「大叀風」、「亡風」、「允亡風」、「不冓大風」、「帝其令風」、「帝不令風」等之辭。

例：

著　錄	編號／【綴合】／（重見）	卜　辭
合集	13333 正	（1）甲申卜，㱿，貞：翌乙酉其風。 （2）翌乙酉不其風。
合集	21012+21863【《醉》262】	（2）乙卯卜，翌丁巳其大風。
合集	3971 正+3992+7996+10863 正+13360+16457+《合補》988+《合補》3275 正+《乙》6076+《乙》7952【《醉》150】	（6）乙未卜，爭，貞：翌丁酉王步。丙申㱿（饗）丁酉大叀風。十月。 （10）翌□辰□其征雨。 （11）不征雨。
合集	13357	（2）癸卯卜，爭，貞：翌⋯⋯〔立〕中亡風。丙子允亡〔風〕。 （3）㞢風。 （4）亡風。
合集	7370	（1）□酉卜，宁，貞：翌丙子其⋯⋯立中，允亡風。
合集	29234	（1）癸未卜，翌日乙王其〔田〕，不風。大吉　茲用 （2）王弜田，湄日不冓大風。
合集	672 正+《故宮》74177【《合補》100 正】	（22）⋯⋯翌癸卯帝不令風，夕陰。 （23）貞：翌癸卯帝其令風。

四、風‧月

在「風」與「月」的組合中，詞項分作：

（一）「風‧月」

卜辭中「風」後接「月份」之辭。

例：

著　錄	編號／【綴合】／（重見）	卜　辭
合集	137 正（《國博》36 正）	（2）癸卯卜，爭，貞：旬無囚。甲辰□大叀風，之夕㱿。乙巳□㒸□五人。五月才〔辜〕。
合集	13377+18792+18795+《合補》2294【《甲拼續》458、《綴彙》335】	（1）癸⋯⋯旬亡〔囚〕⋯⋯㞢七日㽃己卯〔大〕采日大叀風，雨。豪伐。五〔月〕。

拾、描述風之狀態變化

一、允‧風

在「允」與「風」的組合中，詞項分作：

（一）「允‧風」

卜辭中「允」後，接「亡風」、「不」等之辭。

例：

著　錄	編號／【綴合】／（重見）	卜　辭
合集	7370	（1）□酉卜，宁，貞：翌丙子其……立中，允亡風。
合集	13357	（2）癸卯卜，爭，貞：翌……〔立〕中亡風。丙子允亡〔風〕。 （3）业風。 （4）亡風。

拾壹、混和不同天氣的風

一、風‧雨

在「風」與「雨」的組合中，詞項分作：

（一）「風‧雨」

卜辭中「風」後接「雨」、「其雨」、「不雨」、「之夕雨」、「又大雨」、「允不雨」等之辭。

例：

著　錄	編號／【綴合】／（重見）	卜　辭
合集	12921 反	（3）壬辰允不雨。風。
合集	13334	（2）翌壬戌其雨。壬戌風。
合集	685 反	（3）王固曰：陰，不雨。壬寅不雨，風。
合集	13351	貞：今夕雨。之夕攸。風。
合集	30393	（3）辳風重豚，又大雨。
合集	12921 反	（3）壬辰允不雨。風。

二、風‧雪

在「風」與「雪」的組合中，詞項分作：

（一）「風・雪」

卜辭中「風」後接「雪」之辭。

例：

著　　錄	編號／【綴合】／（重見）	卜　　辭
屯南	0769	……風京霏雨。
村中南	426	丙子卜……風京〔雪〕……〔註5〕

三、風・陰

在「風」與「陰」的組合中，詞項分作：

（一）「風・陰」

卜辭中「風」後接「陰」、「夕陰」等之辭。

例：

著　　錄	編號／【綴合】／（重見）	卜　　辭
合集	685 反	（3）王固曰：陰，不雨。壬寅不雨，風。
合集	11814+12907【《契》28】	（1）庚申卜：辛酉雨。 （2）辛酉卜：壬戌雨。風，夕陰。 （3）壬戌卜：癸亥雨。之夕雨。 （5）癸亥卜：甲子雨。 （6）……雨…… （8）己巳卜：庚午雨。允雨。 （9）庚午不其雨。 （10）庚午卜：辛未雨。 （11）辛未不其雨。 （12）壬〔申〕雨。 （13）壬申不其雨。 （14）癸酉不其〔雨〕。

四、啟・風

在「啟」與「風」的組合中，詞項分作：

（一）「風・啟」

卜辭中「啟」後接「風」之辭。

〔註5〕釋文據朱歧祥：《釋古疑今──甲骨文、金文、陶文、簡文存疑論叢》第十六章　殷墟小屯村中村南甲骨釋文補正，頁350～351。

例：

著　錄	編號／【綴合】／（重見）	卜　辭
合集	13351	貞：今夕雨。之夕改。風。
合集	13383	（1）甲子卜，□，翌乙〔丑〕改。乙〔丑〕風。 （2）乙丑卜，□，翌丙寅改。〔丙寅風〕。

五、風・雷

在「風」與「雷」的組合中，詞項分作：

（一）「風・雷」

卜辭中「風」後接「雷」之辭。

例：

著　錄	編號／【綴合】／（重見）	卜　辭
合集	40346（《英藏》1852）	戊……各云，自……風，雷……夕己……
合集	21021 部份+21316+ 21321+21016【《綴彙》 776】	（1）癸未卜，貞：旬。甲申人定雨……雨……十二月。 （4）癸卯貞，旬。□大〔風〕自北。 （5）癸丑卜，貞：旬。甲寅大食雨自北。乙卯小食大啟。丙辰中日大雨自南。 （6）癸亥卜，貞：旬。一月。昃雨自東。九日辛丑大采，各云自北，雷征，大風自西刜云，率〔雨〕，母蕎日……一月。 （8）癸巳卜，貞：旬。之日巳，羌女老，征雨小。二月。 （9）……大采日，各云自北，雷，風，茲雨不征，隹蛛…… （10）癸亥卜，貞：旬。乙丑夕雨，丁卯明雨……采日雨。〔風〕。己明啟。三月。

第六章　甲骨氣象卜辭類編——雷

第一節　雷

壹、雷字概述與詞項義類

　　甲骨文中的「𩇕」從申，申即電，惟甲骨文中的申字已借為干支之用，因此未見「電」字。「𩇕」字嚴式隸定作「靁」，亦即「雷」字，晶或為聲符，擬雷聲隆隆狀。〔註1〕

　　與雷相關的卜辭「雷」之詞目，共分為四大類，每類再細分不同的詞項，可見下表與分項說明。

詞　目	詞　項			
表示時間長度的雷	盅雷			
對雷的心理狀態	令雷			
一日之內的雷	大采・雷			
混和不同天氣的雷	雷・雨	雲・雷	雲・雷・風	雲・雷・風・雨

一、表示時間長度的雷

（一）盅雷

　　雷電無論是聲音或是光度，應當都屬於短時間的事件，「盅雷」一詞可能指雷聲持續不斷，或聲音迴盪的聲音很久，而不是單一道雷電閃了很久。

〔註1〕參見于省吾：《甲骨文字釋林》（北京：中華書局，1979年），頁9～11。

二、對雷的心理狀態

（一）令雷

卜辭中有「帝……令雷」之語，此也表示商人相信天帝是具有操控各種天氣現象的能力，而雷在自然界中不只可見，其聲音巨大，使人感到震撼、害怕，或帶有恫嚇的意味，這也是在氣象卜辭中除了「令雨」、「令啟」以外，第三項具有天帝之「令」的天氣現象。

三、一日之內的雷

（一）大采・雷

卜辭中與「大采」相關的「雷」。（時稱說明參見第二章　第一節　壹　八、一日之內的雨。

四、混和不同天氣的雷

（一）雷・雨

在甲骨卜辭中許多氣象詞並不單獨出現，如「雷」、「雨」相連，此兩者在天氣學上是具有相關性的。

（二）雲・雷

在甲骨卜辭中許多氣象詞並不單獨出現，如「雲」、「雷」相連，此兩者在天氣學上是具有相關性的。

（三）雲・雷・風

在甲骨卜辭中許多氣象詞並不單獨出現，如「雲」、「雷」、「風」相連，此三者在天氣學上是具有相關性的。

（四）雲・雷・風・雨

在甲骨卜辭中許多氣象詞並不單獨出現，如「雲」、「雷」、「風」、「雨」相連，此四者在天氣學上是具有相關性的。在氣象卜辭中唯有「雷」會有超過兩種以上的天氣現象同時並存，最主要的原因是「雷」（電）會發生的環境是一個不穩定的天氣系統，雲層中氣流的運動強度較強時，才有機會發生閃電，並伴隨雷聲，此時必然有雲，而雲與雨又息息相關，連帶的在這樣不穩定的大氣狀態下，也很自然的會形成風，因此「雷」的卜辭中常見有不同天氣現象的紀錄。

貳、表示時間長度的雷

一、盦雷

在氣象卜辭的「盦雷」詞項分作：

（一）「盦雷」

卜辭中含有「盦雷」之辭。

例：

著　　錄	編號／【綴合】／（重見）	卜　　辭
合集	13216 反	（1）□未……雨，中日彣……酓□既陟……盦雷。

參、對雷的心理狀態

一、令雷

在氣象卜辭的「令雷」詞項分作：

（一）「令雷」

卜辭中含有「令雷」之辭。

例：

著　　錄	編號／【綴合】／（重見）	卜　　辭
合集	14127 正	（1）貞：帝其及今十三月令雷。 （2）帝其于生一月令雷。
合集	14128 正	（1）癸未卜，爭，貞：生一月帝其弓令雷。 （2）貞：生一月帝不其弓令雷。

肆、一日之內的雷

一、大采・雷

在卜辭中的「大采・雷」詞項分作：

（一）「大采……雷」

卜辭中「大采」後有其他描述，再接「雷」之辭。

例：

著　　錄	編號／【綴合】／（重見）	卜　　辭
合集	11501+11726【《合補》 2813、《綴集》83】	……𡥈。大采烙云自北，西單雷……〔小〕采日， 鳥晴。三月。

| 合集 | 21021 | （4）癸亥卜，貞：旬。一月。㫚雨自東。九日辛未大采，各云自北，雷征大風自西，刜云率〔雨〕，母罱日…… |
| | | （7）……大采日，各云自北，雷，風，〔幺〕雨不征，隹好…… |

伍、混和不同天氣現象的雷

一、雷・雨

在「雷」與「雨」的組合中，詞項分作：

（一）「雷・雨」

卜辭中「雷」後接「雨」、「不雨」、「其雨」、「允雨」、「亦雨」等之辭。

例：

著　錄	編號／【綴合】／（重見）	卜　辭
合集	13417	（1）……七日壬申雷，辛巳雨，壬午亦雨。
合集	1086 反	（2）壬戌雷，不雨。 （3）四日甲子允雨。雷。
合集	13407 反	乙巳〔卜〕，𡧛，貞：茲雷其〔雨〕。
合集	13406	癸巳卜，㞢，貞……雨雷。十月。才□。

二、雲・雷

在「雲」與「雷」的組合中，詞項分作：

（一）「雲・雷」

卜辭中「雲」後有其他描述，或辭例不全，再接「雷」之辭。

例：

著　錄	編號／【綴合】／（重見）	卜　辭
合集	11501+11726【《合補》2813、《綴集》83】	……羍。大采烙云自北，西單雷……〔小〕采日，鳥晴。三月。
合集	13418	……羞……云〔雷〕……

三、雲・雷・風

在「雲」、「雷」與「風」的組合中，詞項分作：

（一）「雲・雷・風」

卜辭中同時見有「雲」、「雷」、「風」之辭。

例：

著　錄	編號／【綴合】／（重見）	卜　辭
合集	40346《英藏》1852	戊……各云，自……風，雷……夕己……

四、雲・雷・風・雨

在「雲」、「雷」與「風」、「雨」的組合中，詞項分作：

（一）「雲・雷・風・雨」

卜辭中同時見有「雲」、「雷」、「風」、「雨」之辭。

例：

著　錄	編號／【綴合】／（重見）	卜　辭
合集	21021 部份+21316+21321+21016【《綴彙》776】	（1）癸未卜，貞：旬。甲申定人雨……雨……十二月。 （4）癸卯貞，旬。□大〔風〕自北。 （5）癸丑卜，貞：旬。甲寅大食雨自北。乙卯小食大啟。丙辰中日大雨自南。 （6）癸亥卜，貞：旬。一月。昃雨自東。九日辛丑大采，各云自北，雷征，大風自西刜云，率〔雨〕，母蠿日……一月。 （8）癸巳卜，貞：旬。之日巳，羌女老，征雨小。二月。 （9）……大采日，各云自北，雷，風，茲雨不征，隹姘…… （10）癸亥卜，貞：旬。乙丑夕雨，丁卯明雨……采日雨。〔風〕。己明啟。三月。

第七章　疑為氣象字詞探考例

第一節　霓〔註1〕

　　1991 年 10 月，在河南安陽花園莊東地出土了一批甲骨，經初步編纂整理後，於 2003 年發表的《殷墟花園莊東地甲骨》，其中一項重要的特色即是這批甲骨的主人是子，屬於「非王卜辭」，時代應在武丁時期。〔註2〕裡頭有有幾條

〔註1〕本節據陳冠榮：〈花東甲骨卜辭中的「霓」字與求雨的關係〉，《第二十八屆中國文字學國際學術研討會論文集》（臺北：國立臺灣大學，2017 年）為底稿重新修訂。

〔註2〕參見劉一曼、曹定雲：〈殷墟花園莊東地甲骨卜辭選釋與初步研究〉，《考古學報》第 3 期（1999 年）、中國社會科學院考古研究所編著：《殷墟花園莊東地甲骨》（昆明：雲南人民出版社，2003 年）、李學勤：〈花園莊東地卜辭的「子」〉，《河南博物院落成暨河南博物館建館 70 周年紀念論文集》（鄭州：中州古籍出版社，1998）又收於「清華大學簡帛講讀班第三十四次研討會綜述」，Confucius 2000 網站，（2004 年 8 月 22 日 http://www.confucius2000.com/qhjb/qhjbjdb34cythzs.htm）、陳劍：〈說花園莊東地甲骨卜辭的丁──附釋速〉，《故宮博物院院刊》第 4 期（2004 年），又收於陳劍：《甲骨金文考釋論集》（北京：線裝書局，2007 年 4 月）、朱歧祥考—由語詞系聯論花東甲骨的丁即武丁〉，《東亞語文學與經典詮釋研究學術研討會論文集》，（臺北：國立台灣大學東亞文明研究中心，2004 年 11 月）姚萱：《殷墟花園莊東地甲骨卜辭的初步研究》（北京：線裝書局，2006 年）、魏慈德：《殷墟花園莊東地甲骨卜辭研究》（臺北：臺灣古籍，2006 年）、趙鵬：《殷墟甲骨文人名與斷代的初步研究》（北京：線裝書局，2008 年）第四章第十一節《從花東子組卜辭中的人名看其時代》，後補修改發表于《中國社會科學院歷史研究所學刊》第六集，

辭例與天氣現象很有關係：

　　　癸巳卜，自今三旬又至南。弗🀄三旬。二旬又三日至。

　　　亡其至南。

　　　出，自三旬迺至。　　　　　　　　　　　　　　　　　《花東》290

原考釋說：

　　　本版4、5、6辭（即前引三辭）極為重要：可能是當時殷人觀察天象的
真實記錄。該辭首先卜問：自今起經過三旬南至？接著又問，不是
三旬，而是二旬又三日至？接著是驗辭：先是驗證「二旬又三日」，
其結果是「亡其至南」（即沒有到南邊）；後面是驗證「三旬」的，
其結果是「出，自三旬迺至」，經過三旬，恰好在南邊出來了。這說
明原先占卜經過三旬在南邊出是相當準確的。此證明當時殷人對天
象的觀察，已相當精確了。這是一條十分珍貴的史料。〔註3〕

有些研究者並不這樣通讀這三條辭例，主要的關鍵點在於「弗🀄三旬」中的「🀄」
字，該如何釋讀。此字的照片、拓片、摹本見下。

《花東》290版

照片	拓片	摹本

　　此字《甲骨文字編》與《新甲骨文編》皆收錄此字形，但未隸定，唯《甲
骨文詞譜》將此字隸定作「霏」，並認為是動詞，象求雨之形。本字上半部為雨

頁1～27（2010年1月）、蔡哲茂：〈殷墟花園莊東地甲骨的主人「子」是誰〉，中
國社會科學院歷史研究所先秦研究室網站（2017年01月6日，
http://www.xianqin.org/blog/archives/8052.html）

〔註3〕中國社會科學院考古研究所編著：《殷墟花園莊東地甲骨》第六分冊，頁1681。

無疑，而下半部象一人單手伸出向上，這與一般的廾字伸出兩手不同，但甲骨文中也有同一字寫作單手、雙手的字形，如：

藝：🖼、🖼　　𢦏：🖼、🖼　　執（廾京合文）：🖼、🖼

「廾」字單寫時，為獨體象形，其字形不可拆分，因此字形相當固定，但作為合體字構形時，便如上舉之字例，或作單手，或作雙手，但其義不變，仍為捧物之廾，而🖼，是由上下兩個部份所構成，釋為從雨從廾，當可隸定為🖼。但姚萱認為此字應為從雨，從及省聲，釋讀為及，有「到」、「及」、「至」一類的意思，主要的原因在於，從廾聲的字，找不到適合的詞來通讀卜辭，同時對於這三條辭例，〔註 4〕其認為這三辭都只能理解為命辭，因後兩辭各守一卜兆而刻，中有界畫，後有兆序，原考釋之說牽強難信。第一辭與後兩辭有明顯界畫分開，但就第一辭「癸巳卜，自今三旬又至南。弗🖼三旬。二旬又三日至。」這條卜辭是很完整的，🖼讀為及，「弗🖼三旬」意指還未到三旬，是可以通讀的，但問題是，如果從聲音上較難解讀，何以不從構字的意思上來理解。

甲骨文中和雨構形的字，除作人名、地名、族名等專名外，幾乎無一不是與天氣現象有關，這類的字也有以合體象形的方式表現天氣現象。廾在甲骨文中有做動詞用，從廾之字如：𢦏（🖼），象人捧戈擊伐貌；𢽳（🖼），象人執器貌；🖼，象人捧圭貌，可知從廾之字，多有捧義，而「🖼」之人，伸手向上，當是捧雨之貌，朱歧祥即把此字隸定為「🖼」，象求雨之形，用為動詞。〔註 5〕

無論古今中外，天氣一直是影響人類生活很重要的一部分，在尚未有科學器具、氣象知識的商代，只好通過不同方式來祈求降雨／停雨。尞（燎）用燒柴之法，秦（禱）為概念性的祈求，或以肢體、言語禱告，這兩者除了可作為祈雨的祭祀外，也有不同的用法，如祭祀先公先王、祈求豐收、除災等，概念很廣泛；舞、霝，則是專指以舞求雨之法；而㝬（寧）有安義，常用做止息風雨，或平息疾病等，以上除了㝬（寧）不見於非王卜辭以外，其餘在王卜辭、非王卜辭皆有見。

〔註 4〕姚萱：《殷墟花園莊東地甲骨卜辭的初步研究》，頁 115～120。

〔註 5〕參見朱歧祥編撰、余風、賴秋桂、錢唯真、左家綸合編：《甲骨文詞譜》（臺北：里仁書局，2013 年），第二冊，頁 453。

假若「霣」確為一種求雨儀式，那麼也可以與另一種求雨儀式「燮」參照，前者只見於非王卜辭（花園莊東地子卜辭），後者僅見一例於非王卜辭（午組卜辭），這兩者似乎存在相對的關係，然而因為出土材料的限制，焚人求雨是否不是非王貴族常用的求雨方式、霣又是否肯定為求雨之義，仍期待有更多新材料、新方法以及新成果，驗證這個推論。

然而，上述的推論，欠缺語法結構以及更有力的證據支持，「弗」＋「求雨」（動詞）並無辭例可以參照，反倒是「弗及」一詞多見於甲骨卜辭中，因此從丮的「（字）」，目前看來讀為「及」，仍是較無爭議的。

《花東》290 版

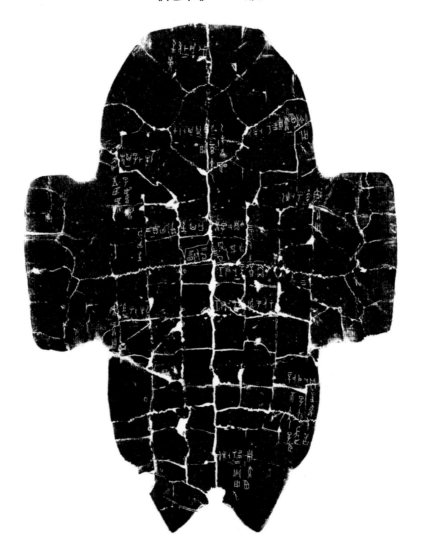

《花東》290 局部（千里路與第二道齒縫）

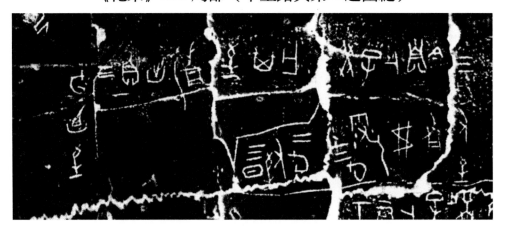

第二節　靁

《合集》12817 正有兩條卜辭作：

（1）貞：雨其△1。

（2）〔貞〕：雨不△2。

《合集》12817 正

此二字形分別作：△1：[圖]　△2：[圖]」，暫隸定為「靁」。「靁」字的雨、風刻劃在同一字格中，視為一字當無疑問，但此字形僅此一見，從僅有的辭例來推測，「靁」也可能是一種天氣現象的描述，《屯南》769 一版辭作：「風京霖雨」，「霖雨」即夾帶的雨的雪，又《屯南》2772 也有一辭作：「其乎風雨」，「風雨」，即夾帶的雨的風，不過「霖雨」、「風雨」之詞皆為分書，在釋讀上沒有太大爭議，但「靁」字可能為單字，而分「雨風」的合文。

蔡哲茂認為風字構形有時可在鳳的旁邊加上四點，或表示鳳鳥飛翔時空氣的震動，也或者可以表示雨點，因為風是下雨前的徵兆，同時也對比漢字偏旁的考察，認為與天氣現象相關的字，起初不一定從雨，但在字形演變的過程，加上類別偏旁，具有別義的作用，如：「云」和「雲」、「申」和「電」等，〔註6〕而「靁」字的演變也當如此，甲骨文中常見的風作「[圖]」，加雨偏旁別義作「[圖]」、「[圖]」，其皆為「風」字，只是在構形上加雨偏旁，或沒有加雨偏旁的區別。

〔註6〕蔡哲茂：〈漢字別義偏旁的形成——以甲骨文从「雨」字偏旁為例〉，《甲骨文與文化記憶世界論壇會議用論文集》（臺北：中央研究院歷史語言研究所，2010 年），頁 157～169。

《合集》12817 正

《屯南》769 　　　　　　　　　　　《屯南》2772

局部

第三節　阱

甲骨文字中有一字作：（《合集》4951）、（《屯南》2408）、（《合集》8282）、（《合集》8282 正）等形，此字釋為「阱」，此字最常見的用法作本義用，即坑陷野獸之義，其次用為人名、族名或地名，而王子揚指出，此字可能有另一種用法與天氣現象相關。

甲骨氣象卜辭裡有幾條見到這類字形，分別為：

（1）甲寅卜，殼，貞：翌乙卯易日。

（2）貞：翌乙卯不其易日。

《合集》11506 正

（1）王固曰：之日弜雨。乙卯允明陰，气卤（阱），食日大晴。

《合集》11506 反

己巳卜，王……阱，雨。之……

《合集》13044

其中釋為「阱」的字形分別做：（《合集》11506 反）、（《合集》13044）。而《合集》11506 正、反辭例完整，正面貞問乙卯日是否會變天，反面則回答：乙卯日確實在清早轉為陰天，而本辭的「阱」字夾在「明」、「食日」兩個時稱中，依商人對時稱的細分程度來看，「阱」不應再為時稱，王子揚的考釋為：

> 「『乙卯』到『大晴』都是驗辭，是刻手對第二天乙卯日的實時觀測記錄，顯然是在描寫天明至食日一段時間內的天氣變化狀況。先是天明時候陰天，最後是『食日』時段天氣大晴，處於中間的「迄阱」肯定也是表示天氣狀況的詞或短語。甲骨文『迄』，沈培先生指出大多數都是副詞，表示最終、終究一類意思。沈說可從。既然『迄』是副詞，則『阱』當表示由陰轉晴或者放晴一類意思的詞，待考。整個驗辭大意是說：乙卯之日果然沒有下雨。天明時候陰天，最終『阱』，到上午吃飯時候天氣大晴。」〔註7〕

〔註 7〕王子揚：〈釋甲骨文中的「阱」字〉，《文史》，第 119 輯，（北京：中華書局，2017 年），頁 12～13。

另又據沈培釋讀《合集》12532：「貞：今〔日其雨〕。王固曰：徔（疑）茲气雨。之日允雨。三月。」讀作：「王看了卜兆後說：懷疑這個卜兆（顯示），終究會下雨。且到了那天，確實下雨了。」這條卜辭裡「气雨」和「气阱」的用法相同、語境也相似，可作為旁證。

又若「阱」為由陰轉晴的氣象語詞，其義則與「霽」相仿。阱從井得聲，井字為精母耕部，擬音作 tsi-eN；霽字上古音在精母脂部，tsiei，兩字聲母俱同，而兩者韻母雖不同，但從擬音來看，其主要元音相同，只有韻尾不同，但「阱」字具體為什麼意思，或者是否可以後世之字對上，仍缺乏文獻的佐證，可留待考釋。

《合集》11506 正

《合集》11506 反

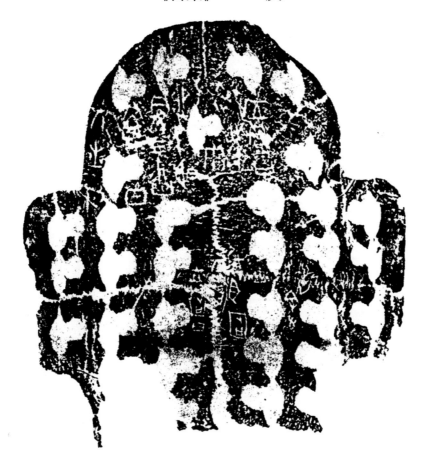

《合集》13044

第四節　洌

　　甲骨文字中有一字字形作「洌」，從卣從水。李宗焜隸定為「洰」[註8]，于省吾認為是「列」字初文，又據商承祚、陳邦懷之推論，釋為「洌」，「洌」訓為水清，為後起之義，當讀為「烈」。[註9]讀為烈，為強勁之義，然蔣玉斌已於〈釋甲骨文「烈風」〉一文中將作為「烈風」，其烈字作「洌」與此處「洌雨」之「洌」做了爬梳，認為「洌」與「洌」在字形演變上並無關係，不當釋為「烈」字。[註10]

　　卜辭中的「洰雨」僅見《合集》6589正：「不亦洰雨。」、「其亦洰雨。」兩辭而同樣作「洌」形的卜辭尚有《合集》14315正：「貞其不多洰甗」、「勿不多洰甗」；《合集》18772：「貞敕其大洌（洰）」。甗在器形上可分為聯體甗及分體甗，分體的甗由上面的甑和下面的鬲構成，聯體甗分明顯的上下兩部分，上面與甑相似，下面與鬲相似。考古發現的青銅甗以聯體的居多。[註11]「大洰」一詞亦難解，可能指某種天災。[註12]因此「洌雨」之「洌」當作何解，尚待考證。

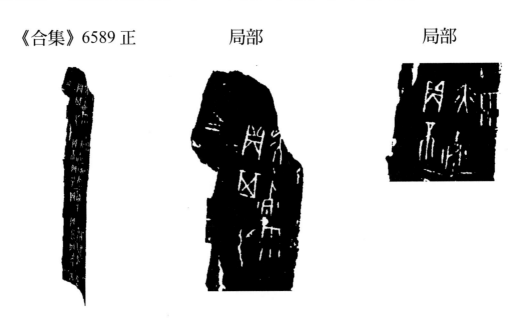

《合集》6589正　　　　　局部　　　　　　局部

[註 8] 李宗焜：《甲骨文字編》（北京：中華書局，2012 年），頁 1133。

[註 9] 于省吾：〈釋卣、洰、曾、醬、虘〉，《甲骨文字釋林》（北京：中華書局，1999 年），頁 370～371。

[註10] 參見蔣玉斌：〈釋甲骨文「烈風」〉，《出土文獻與古文字研究》，頁 87～92。

[註11] 參見朱鳳瀚：《中國青銅器綜論》（上海：上海古籍出版社，2009 年 12 月）

[註12] 于省吾主編、姚孝遂按語編撰：《甲骨文字詁林》，頁 1098。

第八章　殷商氣象卜辭綜合探討

第一節　一日內的氣象卜辭概況

　　甲骨卜辭中一日內的時稱相當豐富且細緻，自白天至晚上，幾乎每個時段都有專門的時稱，如以日出之時為始，與氣象卜辭相關之時稱為：夙、旦、明、朝、大采、大食、中日、昃、小采、郭兮、小食、昏、暮、闌昃、夕、中脉、寐。甲骨氣象卜辭中，出現一日內時稱的氣象詞有：雨、雪、啟、陰、雲、晴、虹、風、雷、易日。將氣象詞與一日內時稱的出現情況、次數，以表格呈現，便可初步了解時間與天氣之間的關係。（見表一、表二）

表一：一日內時稱與氣象詞發生之有無

	雨	雪	啟	陰	雲	晴	虹	風	雷	易日	小計
夙	✓										1
旦	✓						✓				2
明	✓		✓	✓						✓	4
朝	✓										1
大采	✓		✓	✓				✓	✓		5
大食	✓		✓	✓		✓					4
中日	✓		✓					✓			3
昃	✓		✓	✓	✓		✓				5
小采	✓		✓			✓		✓			4

	雨	雪	啟	陰	雲	晴	虹	風	雷	易日	小計
郭兮	✓		✓	✓							3
小食			✓								1
昏	✓										1
暮	✓										1
闌戜	✓		✓								
夕	✓	✓	✓	✓	✓	✓		✓		✓	8
中脈	✓							✓			2
寐	✓										1
夗	✓										1
小計	21	1	11	7	2	3	2	5	1	2	

表二：一日內時稱與氣象詞發生之次數／總次數

	雨	雪	啟	陰	雲	晴	虹	風	雷	易日	小計
夙	20										20
旦	10						1				11
明	10		3	7						1	21
朝	1										1
大采	11		1	3				2	2		19
大食	12		1	2		1					16
中日	23		4					1			28
戜	24		2	1	2		1				30
小采	5		1			1		1			8
郭兮	18		3	1							22
小食			1								1
昏	9										9
暮	10										10
闌戜	2		1								3
夕	898	1	65	8	1	1		8		2	984
中脈	1							1			2
寐	1										1
夗	3										3
小計	1060	1	84	15	3	3	2	13	2	3	1194

在單一的「一日之內的時稱」中，與氣象詞結合頻率最高的為「雨」，其次為「啟」、「陰」、「風」，其餘天氣現象則散見。最能與氣象詞結合的「一日之內的時稱」，依次為「夕」、「昃」、「大采」、「小采」、「中日」、「明」，其餘時稱與氣象詞之結合則零星見之。

其中詞頻最高、同時也與最多氣象詞結合的是「夕」，與夕相關的氣象卜辭，有將近 1000 條，而排在第二的時稱是「中日」以及「昃」，都是僅僅只有 30 條，這樣的現象相當特別，為何商人要貞卜夜裡的天氣狀況，尤其是集中在「夕」這個時間段，且貞卜次數遠遠超過其他的時稱，這可能與商人似乎特別偏好貞卜夜間之事可見到一些線索。商人非常常問：「今夕亡囚」，而且極常連續貞問，如：

（1）己亥卜，狄，貞：今夕亡囚。

（2）庚子卜，狄，貞：今夕亡囚。

（3）辛丑卜，貞：今夕亡〔囚〕。

（4）壬寅卜，貞：今夕亡囚。

（5）癸卯卜，狄，貞：今夕亡囚。

（6）甲辰卜，貞：今夕亡囚。

（7）乙巳卜，貞：今夕亡囚。

（8）丙午，貞：今夕亡囚。

（9）丁未卜，□，貞：今夕亡囚。

（10）戊申卜，□，貞：今夕亡囚。

（11）己酉卜，狄，貞：今夕亡囚。

（12）庚戌卜，貞：今夕亡囚。

（13）辛亥卜，狄，貞：今夕亡囚。

（14）壬子卜，狄，貞：今夕亡囚。

（15）癸丑卜，狄，貞：今夕亡囚。

（16）甲寅卜，狄，貞：今夕亡囚。

（17）乙卯卜，狄，貞：今夕亡囚。

（18）丙辰卜，狄，貞：今夕亡囚。

（19）丁巳卜，狄，貞：今夕亡囚。

（20）戊午卜，□，貞：今夕亡囚。

（21）己未卜，狄，貞：今夕亡囚。

（22）庚申卜，狄，貞：今夕亡囚。

（23）辛酉卜，狄，貞：今夕亡囚。

（24）壬戌卜，狄，貞：今夕亡囚。

（25）癸亥卜，狄，貞：今夕亡囚。

（26）甲子卜，狄，貞：今夕亡囚。

《合集》31549

這版卜辭一連貞問超過兩旬，將近一個月，都只問一件事「今夕亡囚」，而到了第五期卜辭，囚改作畎，一樣很常問「王今夕亡畎」，但不同於一、二期卜辭貞卜「今夕亡囚」由眾多貞人負責，但第五期卜辭多不加貞人，同時在各期卜辭中也見到該版除了問「今夕亡／出囚」以外，也會再問另一件事：「今夕不雨／雨」，如：

（1）庚辰卜，貞今夕不雨。

（2）庚辰卜，盧，貞今夕亡囚。

《合集》3928

（1）丙戌卜，貞今夕〔亡〕囚。

（2）貞其出囚。

（3）丙戌卜，貞：今夕不〔雨〕。

《合集》16610

（1）貞其雨。

（2）貞今夕不雨。

（3）癸未卜，貞今夕亡囚。八月

《合集》16551 正

（1）貞今夕〔亡〕囚。三月

（2）貞〔今〕夕不雨。

（3）貞其雨。

《合集》16556

（1）辛巳〔卜〕，〔古〕，貞：今夕不雨

（2）辛巳卜，古，貞：今夕亡囚。

《合集》16565

（1）庚子卜，旅，貞：今夕亡囚。

（2）貞：今夕不雨。

《合集》24812

（1）□□卜，出，〔貞〕今夕亡囚。

（2）……今夕不雨。

《合集》24816

這樣的例子在甲骨卜辭中也非常多，而究竟為何商王不斷貞卜今晚是否會有災禍，又同時要問是否會下雨，一方面可能與身體疾病有關，夜間為疾病好發之時，如下雨潮濕，又易引起各種溼疹、風濕、關節炎等病灶，又甲骨卜辭中有許多版都只貞問「貞：今夕王寧。」（《合集》26157～26163），此處之寧當作平順止息之義，乃是問今夜王的身體是否安康；惟商人好貞卜「夕」之事，是否為疾病之因尚需更多專業知識與甲骨卜辭的證據支持。

另一方面，在卜辭中也見到夕雨和隻的關聯：

（1）……今夕其雨……其雨。之夕允不雨。

（2）……隻象。

《合集》10222

（1）辛酉卜，韋，貞：今夕不其……

（2）辛未卜，亘，貞：往逐豕，隻。

《合集》10229 正

（1）王其往逐鹿，隻。

（2）壬戌卜，今夕雨。允雨。

（3）壬戌卜，今夕不其雨。

（4）甲子卜，翌乙丑其雨。

《合集》10929+12309【《契》29】

（3）貞：今□不□。

（4）貞：其雨。

（5）丙子卜，貞：今日不雨。

（6）貞：其雨。十二月。

（7）甲午卜，貞：今夕亡囚。

（8）貞：今夕不雨。

（9）貞：其雨。

（10）甲午卜，告，貞：令戋執麑。十二月。

（11）……雨。

（12）乙未卜，貞：今夕不雨。

（13）貞：□雨。

《合集》10389

從田獵卜辭來看，進行田獵之前多半都會貞問天氣狀況，但從上引諸版，更可見到，有一部份的貞問天氣狀況，是要貞問夜間的天氣狀況，而且王所要進行的田獵活動是獵捕動物，亦即是要在夜間進行狩獵，這看似不太符合邏輯，但實際上是具有科學根據的。目前所知約有百分之六十的哺乳動物為夜行性，晝伏夜出的習性也有助於減少被天敵發現的機會，因此夜間反而是許多動物開始活動的時間。另一方面「夕」是一段比較常的時間，在入夜之後至天亮這一長段時間，應當都可稱為「夕」，因此像田獵需要花比較長時間的活動，也都可以包含在「夕」的時間範圍內。

卜問夕雨除了和田獵有關以外，也可能與祭祀活動相關。魏慈德發現《花東》314 版、451 版兩版有一辭作：「暮酓祖乙」，是由「暮」開始對祖乙進行祭祀，而且一直持續到隔天，是屬於跨越兩日的祭祀活動，〔註1〕跨越兩日也就必然跨過「夕」這個時間段，也表示某些祭祀活動會在夜間舉行，甚至跨夜、跨日。另有一版也可以作為跨夜祭祀活動的參考：

（1）其霋至翌日。

（2）于翌日廸霋。

〔註1〕參見魏慈德：《殷墟花園莊東地甲骨卜辭研究》（臺北：台灣古籍出版有限公司，2006年），頁 59～60。

（3）今夕雨。

（4）翌日雨。

《合集》31035+《合補》9211+《合補》9465【《甲拼續》419】

本版問是否進行舞祭至隔日，也同時問了「今晚會不會下雨」、「明天會不會下雨」，這也可以視為跨夜的祭祀活動。

據前所述之原因，商人大量貞問「今夕雨」一則與田獵活動有關，一則與祭祀活動有關。

第二節　氣象卜辭與月份的概況

商代所留下的天氣現象紀錄相當豐富，而這些天氣現象發生的時間短至瞬間，長則數日，如能透過資料庫的建立，並將氣象卜辭發生的日、月詳盡的統計分析，或能推測商代的氣候概況。

商人貞卜時除了干支紀錄日以外，再長一點時間紀錄如生、來、翌等用詞，但這都必須要先知道貞卜的該日是什麼日期，才能推算，同樣的，旬的單位亦然，在卜辭中只能透過旬知道時間的區間，但不能知道在一年的循環中，這一旬是在第幾週、或哪個季節，相對客觀且時間尺度更大的單位是「月」，儘管未必能從卜辭中知道是「哪一天」，但可透過月份推知，這個月分大略屬於哪個季節，因此將氣象詞與月份的出現情況以表格整理呈現，便可初步觀察月份與天氣之間的關係。（見表三）

表三：月份與氣象詞發生之有無

	雨	啟	陰	晴	暈	風	小計
一月	✓	✓	✓			✓	4
二月	✓	✓				✓	3
三月	✓	✓		✓			2
四月	✓	✓			✓		3
五月	✓					✓	2
六月	✓	✓	✓				3
七月	✓			✓		✓	2
八月	✓	✓				✓	3
九月	✓	✓					2

十月	✓	✓				✓	3
十一月	✓	✓	✓				3
十二月	✓	✓	✓			✓	4
十三月	✓						1
小計	13	10	4		1	7	

從上表可見，毫無意外的，在各個月份都有卜「雨」的例子，其次則為「啟」，而令人沒有預料的到是「風」，在年初到年尾，也有都貞卜的紀錄。雖甲骨卜辭未必每版都會刻寫月份，或許其他的氣象卜辭也有在各月貞卜的用例，但就目前所見，商人有意的記下月份，或許是刻手的習慣，也可能是值得注意、值得留心的天氣現象。

上表所見的氣象詞中，唯「暈」是屬於發生時間較短的天氣現象，但因該辭作「𣇠……暈……四月。」月份前有殘文未見，因此也不排除本辭所記的「四月」，並非紀錄「暈」。其他的氣象詞「雨」、「啟」、「陰」、「晴」、「風」，都是具有持續性的天氣現象，可以長至數日甚至十天半個月，這對於當時已經具有發達的農業行為、豐富的田獵活動以及繁複的祭祀文化的商人來說，天氣現象，以致長時間的氣候狀態，都會影響著當下及未來的規劃，如商代的農業活動集中在九月至十二、十三月，而九月、十月為播種期，十二、十三月為收穫期〔註2〕，這都是因應氣候的生活方式，反過來說，如果在需要雨水的農期，缺少雨水的話，就會是很大的問題，因此在播種期前也見到商人對於雨的渴望：

（7）辛未卜，爭，貞：生八月帝令多雨。

（8）貞：生八月帝不其令多雨。

（12）丁酉雨至于甲寅旬㞢八日。〔九〕月。

《合集》10976 正

卜辭中向上帝祈求降雨，而且是希望豐沛雨量的「多雨」，而在（12）辭言旬有八日，十八天以後，時序進入九月，也就是農業活動開始的時間，這都相當符合天氣現象與人類活動的關聯。

〔註 2〕參見馮時：《古文字與古史新論》，頁 109～112。

　　至於在農忙結束以後，進入冬季，貞卜天氣的狀況依舊持續，並沒有明顯的季節、月份差異，不過有趣的是，一般認為冬天的天氣現象為是較單調的陰雨、有風，應當不會有太多貞卜，十一月以後至二月，在卜辭上留下的天氣紀錄反而比其他月份頻率高、貞問內容簡短單一要來得更具變化且詳細，如：

　　（1）癸未卜，貞：旬。甲申人定雨……雨……十二月。

　　（4）癸卯貞，旬。□大〔風〕自北。

　　（5）癸丑卜，貞：旬。甲寅大食雨自北。乙卯小食大啟。丙辰中日大雨自南。

　　（6）癸亥卜，貞：旬。一月。昃雨自東。九日辛丑大采，各云自北，雷征，大風自西刜云，率〔雨〕，母蠹日……一月。

　　（8）癸巳卜，貞：旬。之日巳，羌女老，征雨小。二月。

　　（9）……大采日，各云自北，雷，風，茲雨不征，隹婢……

　　（10）癸亥卜，貞：旬。乙丑夕雨，丁卯明雨……采日雨。〔風〕。己明啟。三月。

　　　　　《合集》21021 部份+21316+21321+21016【《綴彙》776】

這版不只紀錄單一的天氣現象，同時還紀錄了雨、風、雲、雷之間的關係，以及時刻，甚至連雲、雨從何方而來，都有詳細的紀錄，這一方面可以看出商人對於各種天氣現象的觀察，已經有了一定程度的了解，曉得雲雨、雲風等不同天氣現象的關係，某種程度來說，這已不只是純粹的占卜，而是透過對於自然環境的觀察、歸納、分析，再反饋到貞卜上，綜合理解出較合理、可能的天氣現象，這樣的循環思辨，已脫離了隨機的貞卜方式，甚至更接近於科學占卜，或說是商代的「氣象預報」也不為過。

第三節　天氣與田獵的關係

　　商代的田獵活動十分豐富，或有「省田」、「狩獵」等不同目的，狩獵的方式多元、目標物種豐富，但由於是開放空間的野外活動，且動物狀態具有不確定性，這幾項因素都與天氣現象有直接的關聯，因此田獵卜辭中有一大部份會與氣象卜辭重疊。

在與田獵相關的氣象卜辭中，所見到的天氣詞有「雨」、「啟」、「陰」、「風」
等，其中又以卜雨之辭最為常見，而且極常使用的用語為「不遘大雨」、「不雨
等辭，尤其在辭例中多使用「遘」的狀態與「不」的否定詞為主，常見如：

　　（1）不遘小雨。

　　（2）其雨。

　　（3）丁巳卜，翌日戊王其田，不遘大雨。

　　（4）其遘大雨。

　　（5）不遘小雨。

　　　　　　　　　　　　《合集》28543+《英藏》2342【《甲拼》176】

　　（2）戊王其田，湄日不遘大雨。

　　（3）其遘大雨。

　　　　　　　　　　　　　　　　　　　　　　《合集》28514

　　（1）其遘大雨。

　　（2）不遘小雨。

　　（3）辛，其遘小雨。

　　（4）壬，王其田，湄日不遘大雨。大吉

　　（5）壬，其遘大雨。吉

　　（6）壬，王不遘小雨。

　　　　　　　　　　　　　　　　　　　　　　《屯南》2966

　　（6）丁丑卜，狄，貞：其遘雨。

　　（7）丁丑卜，狄，貞：王田，不遘雨。

　　　　　　　　　　　　　　　　　　　　　　《合集》29084

　　（3）王其田，不遘雨。

　　（4）其遘雨。

　　　　　　　　　　　　《屯南》2608+2598+2637【《醉》212】

田獵時如下雨，於戶外空曠無遮蔽的狀況下，必然會「遇」雨，會直接被雨淋
濕的狀態，而且若遇到大雨，可能寧濘難行，也會造成視線不佳，難以搜索獵
物，同時如雨勢過大，野生動物多半也不會現身，這都會影響到打獵的收獲，

因此上引諸版，多半都是正反對貞，雖並不是完全同樣句式的對貞，但在意義上仍是可以理解的，如：「不冓大雨」、「其冓大雨」，可見當時是不希望會遇到大雨的，〔註3〕，同樣的「其冓大雨」、「不冓小雨」，也可理解為「不希望遇到大雨，但遇小雨是尚可接受的」，但最令人感到商人的強勢與任性的卜雨套辭，應當是「其冓雨」、「不冓雨」兩辭並見，其表示不想遇到雨，反過來貞問也說：（期望）不要遇到雨，另外也有在卜辭的結尾，留下吉凶判語，表示不遇雨是個吉兆，如：

（4）王弜兆，其雨。〔註4〕

（5）王叀牢田，不冓雨。吉

《合集》29248+28678【《甲拼》168】

（1）戊午卜，今日戊王其田，不雨。吉

（2）其雨。吉

（3）〔今〕日戊，不征雨。吉

《屯南》6+12+H1.18【《醉》74】

（1）其遘大雨。

（2）不遘小雨。

（3）辛，其遘小雨。

（4）壬，王其田，湄日不遘大雨。大吉

（5）壬，其遘大雨。吉

（6）壬，王不遘小雨。

《屯南》2966

〔註3〕司禮義（Paul L-M Serruys），Studies in the Language of the Shang Oracle Inscriptions（《商代卜辭語言研究》），《通報》，1974，卷60，I–3，頁25～33。又見其〈關於商代卜辭語言的語法〉，《中央研究院國際漢學會議論文集·語言文字組》（1981年），頁342～346。

〔註4〕王子揚認為「兆」字應為「奚」字異體，此字多出現在黃組卜辭和出組卜辭中，用為田獵地名。參見王子揚：《甲骨文字形類組差異現象研究》（北京：首都師範大學文學院博士論文，2011年10月），頁279～281。

王進行田獵時不遇到雨、不會下雨，都是好的，不過《屯南》6+12+H1.18【《醉》74】（3）又再問了「不征雨」，可能表示戌日確實有下雨，但雨勢不會一直綿延下去，也是好的，不下雨是好的，下了雨，但不會一直下雨也是好的，同樣的《屯南》2966 也說，「不遘大雨。大吉」，「其遘大雨。吉」那麼究竟是期望要不要下雨呢？這會讓人感到有些無所適從，最主要是當時的時空環境今人難以從甲骨卜辭上完整重現，不過大部份跟田獵相關的氣象卜辭，都是不希望遇雨或下雨的，且貞卜的時間段多以「湄日」，即整日為單位，卜辭中除了「湄日不雨」的貞卜以外，「湄日亡戈，不雨」、「湄日亡戈，不遘大雨」也幾乎為一種套語的用法。〔註5〕

　　至於商人期望適合田獵的天氣狀態為何呢？從卜辭上來看，並沒有明確的一種天氣型態，如：

　　　　（1）癸巳……戰……敔。允敔。十一月。
　　　　（2）翌丁未其敔。

《合集》13120

　　　　（2）壬子卜，今日戰，又敔。

《合集》20755

　　　　（1）庚申卜，翌辛酉甫又敔，戰，允戰。十一月。
　　　　（2）辛酉卜，翌壬戌敔。

《合集》20989

甲午卜，翌□彘田，敔。〔允〕敔。不往。

《合集》10557

丁亥卜，翌日戊王兌田，大啓。允大啓。大吉　茲用

《合集》28663

□戌卜，今日王其田，啟。不田……

《合補》13342

〔註 5〕劉風華：「「亡戈」、「湄日亡戈」、「其每」為冗餘資訊，是占卜習語，或稱「吉祥用語」。無名組習於累加此類語辭。」參見劉風華：《殷墟村南系列甲骨卜辭整理與研究》（上海：上海古籍出版社，2014 年），頁 473。

（1）王其田，遘大風。大吉

（2）其遘大風。吉

《合集》28554

（1）癸未卜，翌日乙王其〔田〕，不風。大吉　茲用

（2）王狱田，湄日不遘大風。

《合集》29234

（1）其〔遘〕大風。

（2）壬寅卜，貞：今日王其田曹，不遘大風。

（3）其遘大風。

（4）乙卯卜，貞：今日王田寭，不遘大風。

（5）〔其〕遘〔大〕風。

《合集》38186

無論是前所討論的雨，或是上所徵引的啟、風辭例，無論天空是否晴朗光明、又或者是否遇到風，都有正面與反面的紀錄，如「有啟」仍是「允獸」，但「允啟」則「不往（田）」；「遇到大風」是「大吉」，但「不風」，也可能是「大吉」，因此很難用一個單一的天氣現象來表示是最適合田獵的，但或許有可能《合集》28537所描述的狀態，是較接近當時的現實狀況：

（1）翌日戊王其田，不遘雨。

（2）田，翌日戊陰。吉。

《合集》28537

（1）辭說：王將於隔日進行田獵，不會遇到雨。（2）辭則說：明天將會是陰天，是好事。商人對於天氣變化雖有一定程度的了解，但畢竟沒有科學儀器或專門的氣象知識做客觀的分析，而有些活動可能不好延期或耽擱，既然已決定要做，儘管天氣狀況不如預期，但是仍要執行，在貞卜時對於天氣現象的描述彈性就比較大一些，因為不遇到雨、不下雨，也不一定代表萬里無雲的好天氣，如果是陰天的話，那也很好了，或許與田獵相關的氣象卜辭，對於是否進行田獵活動並沒有決定性的影響，其重要性是在於獲得心理的支持與應對天氣的準備，而非天氣預報的正確性。

第四節　天氣與祭祀的關係

　　國之大事在祀與戎，甲骨卜辭中氣象占卜與軍事的關係較少，但在祭祀相關的事例上較多。與祭祀相關的氣象卜辭大致可以分成兩個方面，一是進行祭祀時的天氣狀況，如：

　　　　（2）于壬酌，又大雨。

　　　　（3）于癸酌，又雨。

《合集》30038

　　　　（4）庚子卜，寰，雨。

　　　　（5）庚子卜，雨。

《合集》33836

　　　　（1）弜叙，又雨。

　　　　（2）其綱祖辛偁，又雨。

　　　　（4）其綱祖辛偁，叀豚，又雨。

　　　　（6）其綱祖甲偁，又雨。

《合集》27254

　　　　（1）辛巳卜，改又彳妣庚麂。

　　　　（2）改又彳妣庚牡。

　　　　（6）改又……

《合集》22249

　　在各種不同的祭祀活動裡，有時天氣現象只是作為一個紀錄或是貞卜祭祀時會不會下雨、會不會天晴等等，不一定跟祭祀活動本身有關。不過另一類的氣象卜辭，是試圖透過祭祀活動，祈求神靈來改變天氣現象，如：

　　　　（1）……舞，虫从雨。

　　　　（2）貞：弜舞，亡其从雨。

《合集》12841 正甲+正乙+《乙補》3387+《乙補》3376【《醉》123】

　　　　（1）貞：薆婞，虫雨。

　　　　（2）弜薆妝，亡其雨。

《合集》1121 正

（3）己未卜，丣雨于土。

　　　　　　　　　　　　　　　　《合集》34088

（1）……上甲丣雨……允攺。

（2）丁未，貞：弜丣雨上甲衁……

　　　　　　　　　　　《屯南》900+1053【《綴彙》176】

（1）甲戌，貞：其丣風，三羊、三犬、三豕。

　　　　　　　　　　　　　　　　《合集》34137

（1）甲子卜，宁，貞：于岳求雨宜。二月。

　　　　　　　　　　　　　　　　《合集》12864

這類的卜辭是由祭祀活動如：「舞」、「蔑」來祈求降雨，或者細緻的透過「寧」祭希望雨、風可以止息；或者向先公先王、自然神祈求降雨平順得宜。這類的氣象卜辭與祭祀活動的關係就更加緊密。

另外，一般所見的天氣詞也未必都做天氣現象之義，比如：

（15）癸酉卜，又蔑于六云五豕，卯五羊。

（16）癸酉卜，又蔑于六云六豕，卯六羊。

　　　　　　　　《合集》33273+41660【《合補》10639】

（2）衁三羊用，又雨。大吉

（3）衁小牢，又雨。吉

（4）衁岳先酚，廼酚五云，又雨。大吉

（5）……五云……酚。

　　　　　　　　《屯南》651+671+ 689【《綴彙》358】

（4）其蔑于霝，又大雨。

（6）霝眔門虘酚，又雨。

　　　　　　　　　　《合集》41411（《英藏》2366）

此處的雲、雪，就不當作一般的天氣詞使用，而是作為祭祀對象，可以視為自然神中的雲神、雪神。

第九章　結論及延伸議題

　　殷商時代的甲骨卜辭中可以見到豐富的文化史料，其中有一大類跟天氣現象有關的，稱為氣象卜辭，而甲骨卜辭中另有一類與日月星辰相關的為天象卜辭，兩者雖偶有相關，但本質上並不相同。

　　從甲骨氣象卜辭的全面性考察與整理，將氣象卜辭分為：「降水」、「雲量」、「陽光」、「風」、「雷」等五大類，並再予以細分不同的詞目以及不同的詞項，具體分項可見下各表：

甲骨氣象卜辭類編——降水・雨

詞　目	詞　項			
表示時間長度的雨	聯雨	征雨	盅雨	崇雨
表示程度大小的雨	大雨	小雨／雨小	雨少	多雨／雨多
	从雨	贊雨		
標示範圍或地點的雨	雨・在／在・雨			
描述方向性的雨	東、南、西、北——雨	各雨／疋雨		
與祭祀相關的雨	叀——雨	酚——雨	桒——雨	侑——雨
	賣——雨	叙——雨	舞——雨	寧——雨
	宜——雨	卯——雨	曹雨／奭雨	杏雨
	祭牲——雨			
與田獵相關的雨	田・雨	獵獸・雨		
對降雨的心理狀態	弓雨	弜雨	不雨	弗雨
	亡雨	正雨	壱雨	求・雨
	雨——吉	令雨		

一日之內的雨	夙——雨	旦——雨	明——雨	朝——雨
	大采——雨	大食——雨	中日——雨	昃——雨
	小采——雨	郭兮——雨	昏——雨	暮——雨
	闌昃——雨	夕——雨	中脉——雨	寐——雨
	人定——雨	夗——雨		
一日以上的雨	今——雨	湄日——雨	翌——雨	旬——雨
	月——雨	生——雨	來——雨	季節・雨
描述雨之狀態變化	既雨	允雨		

甲骨氣象卜辭類編——降水・雪

詞　目	詞　項		
一日之內的雪	夕——雪		
與祭祀相關的雪	夐・雪		
混和不同天氣現象的雪	雪・雨	風・雪	

甲骨氣象卜辭類編——雲量・啟

詞　目	詞　項			
表示時間長度的啟	征啟			
表示程度大小的啟	大啟			
與祭祀相關的啟	祭名・啟	犧牲——啟		
與田獵相關的啟	田・啟	獵獸・啟		
對啟的心理狀態	不啟	弗啟	亡啟	令啟
	啟——吉			
一日之內的啟	明——啟	大采——啟	食——啟	中日——啟
	昃——啟	小采——啟	郭兮——啟	小食——啟
	闌昃——啟	夕——啟		
一日以上的啟	今——啟	翌——啟	旬——啟	月——啟
描述啟之狀態變化	允啟			

甲骨氣象卜辭類編——雲量・陰

詞　目	詞　項		
表示時間長度的陰	征陰		
與祭祀相關的陰	彭——陰	犧牲——陰	
與田獵相關的陰	田・陰		
對陰的心理狀態	陰・不		

一日之內的陰	明──陰	陰──大采	陰──大食	晨──陰
	夕──陰			
一日以上的陰	今──陰	翌──陰	陰──月	
描述陰之狀態變化	允‧陰			
混和不同天氣現象的陰	陰‧雨	陰‧啟	陰‧風	

甲骨氣象卜辭類編──雲量‧雲

詞　目	詞　項			
表示程度大小的雲	大雲	㞢雲		
描述方向性的雲	各雲	雲‧自		
與祭祀相關的雲	燎──雲	酚──雲	雲‧犧牲	
對雲的心理狀態	老雲	雲──大吉		
一日之內的雲	晨──雲	夕──雲		
混和不同天氣現象的雲	雲‧雨	雲‧啟	雲‧虹	風‧雲
	雲‧雷			

甲骨氣象卜辭類編──陽光‧晴

詞　目	詞　項		
表示時間長度的晴	倏晴		
表示程度大小的晴	大晴		
對晴的心理狀態	不‧晴		
一日之內的晴	小采──晴	食日──晴	夕──晴
一日以上的晴	翌‧晴	晴‧月	

甲骨氣象卜辭類編──陽光‧暈

詞　目	詞　項		
描述方向性的暈	自……暈		
對暈的心理狀態	不暈		
一日以上的暈	暈……月		
混和不同天氣現象的暈	暈‧雨	雲‧雨‧暈	暈‧啟

甲骨氣象卜辭類編──陽光‧虹

詞　目	詞　項	
一日之內的虹	旦……虹	晨……虹
描述方向性的虹	虹‧方向	

甲骨氣象卜辭類編——風‧風

詞　目	詞　項			
表示時間長度的風	祉風			
表示程度大小的風	大風	叀風	勞風	小風
描述方向性的風	風‧自			
與祭祀相關的風	寧風	帝風	犧牲‧風	
與田獵相關的風	田‧風	獵獸‧風		
對風的心理狀態	不‧風	亡‧風	風‧壱	
一日之內的風	大采‧風	中日‧風	小采……風	夕‧風
	中条……風			
一日以上的風	今日‧風	湄日‧風	翌‧風	風‧月
描述風之狀態變化	允‧風			
混和不同天氣現象的風	風‧雨	風‧雪	風‧陰	風‧啟
	風‧雷			

甲骨氣象卜辭類編——雷‧雷

詞　目	詞　項			
表示時間長度的雷	盅雷			
對雷的心理狀態	令雷			
一日之內的雷	大采‧雷			
混和不同天氣的雷	雷‧雨	雲‧雷	雲‧雷‧風	雲‧雷‧風‧雨

　　然而因甲骨文字有諸多字詞尚未能完全考釋，在詞項的分類與界定上難免有不太合宜之處，且氣象卜辭眾多，在時間有限、學力未逮的情況下，難免有所疏漏，但試圖盡可能全面性的羅列、校釋與天氣現象相關的辭例，能夠一窺商代的氣候，以及不同活動、行為的意義關聯，如商人為何常在「夕」時卜雨，其可能與祭祀活動、田獵活動有密切的關係；而商人也因應時節的天氣變化，發展出穩定的生活模式，也可透過這樣的生活環境，來推測當事商人貞問天氣現象，是希望降雨還是不希望降雨，是希望有風或是不要有風。而除了天氣現象與不同事類的關聯以外，未來也可再探討不同天氣詞之間的關聯性，藉此了解商人對於氣象的掌握狀況。

　　通過氣象卜辭的詞項分類，並建立電子化的卜辭資料庫，對於將來進一步的研究可以節省很大的功夫，而將來亦可將字體類組、分期列入類編中，更利於檢索，同時也能快速的看到不同時期的天氣現象以及用字的差異。

　　另一方面，甲骨文字與卜辭識讀尚有很多待努力的空間，如《合集》27459（18）：「癸亥卜，狄，貞：今日亡大△。」（19）：「癸亥卜，狄，貞：又大△。」本版所見的△字作「」、「」，暫隸定為「颿」，從同版的其他辭例可知，本版與田獵相關，在田獵刻辭中卜問天氣是很常見的，而且從句式來看，「亡大△」、「又大△」這種對貞的形式也是在田獵刻辭裡卜問天氣常見的，因此「颿」有可能是指某種風，但此字如何識讀，同樣的有待更多材料的輔助與重新考察。

《合集》27459　　　　　　　　　　　　局部

　　甲骨文出土至今已超過一個世紀，但仍有許多問題還不能解決，而近年來也少有新的甲骨材料出土，少了新的刺激，也使得甲骨學受關注的程度越來越低，同時研究甲骨學大多也只能透過不同的方法、不同的面向，重新檢視材料，以期在之中發現新的可能。藉由大數據或資料庫形式的研究方法，在近年越來越受到重視，這種方法運用在甲骨研究上，或許能讓材料從點到線到面，由細微的材料建構出巨大的資料庫，再由宏觀見到微觀，可能也是一條研究甲骨學的途徑。

參考書目

古籍與近人校註

1. 〔漢〕司馬遷:《史記》(台北:藝文出版社,1980 年)

2. 〔漢〕許慎,〔清〕段玉裁注:《說文解字注》(台北:洪葉文化,1998 年)

3. 〔漢〕劉熙撰,〔清〕畢沅疏證,王先謙補:《釋名疏證補》(北京:中華書局,2008 年)

4. 〔晉〕郭璞注,〔宋〕邢昺疏:《爾雅注疏》(上海:上海古籍出版社,2010 年)

5. 《斷句十三經經文》(台北:開明書局,1991 年)

文字編與工具類書

1. 于省吾主編、姚孝遂按語編撰:《甲骨文字詁林》(北京:中華書局,1996 年)

2. 方述鑫等編:《甲骨金文字典》(成都:巴蜀書社,1993 年)

3. 中央研究院歷史語言研究所編:《史語所購藏甲骨集》(臺北:中研院史語所,2009 年)

4. 中國社會科學院歷史研究所編著:《甲骨文合集補編》(北京:語文出版社,1997 年)

5. 中國社會科學院考古研究所編著:《殷墟花園莊東地甲骨》(昆明:雲南人民出版社,2003 年)

6. 中國社會科學院考古研究所編著:《殷墟小屯村中村南甲骨》(昆明:雲南人民出版社,2012 年)

7. 中國國家博物館編:《中國國家博物館館藏文物研究叢書——甲骨卷》(上海:上海古籍出版社,2007 年)

8. 白于藍:《殷墟甲骨刻辭摹釋總集校訂》(福州:福建人民,2004 年)

9. 李孝定：《甲骨文字集釋》（台北：中央研究院歷史語言研究所，1965 年）

10. 李宗焜：《甲骨文字編》（北京：中華書局，2012 年）

11. 〔韓〕李鍾淑、葛英會著；北京大學中國考古學研究中心、北京大學考古文博學院編：《北京大學珍藏甲骨文字》（上海：上海古籍出版社，2008 年）

12. 宋鎮豪、段志洪主編：《甲骨文獻集成》（四川：四川大學，2001 年）

13. 宋鎮豪、趙鵬、馬季凡編著；中國社會科學院歷史研究所編：《中國社會科學院歷史研究所藏甲骨集》（上海：上海古籍出版社，2011 年）

14. 宋鎮豪、郭富純主編；中國社會科學院甲骨學殷商史研究中心、旅順博物館編著：《旅順博物館所藏甲骨》（上海：上海古籍出版社，2014 年）

15. 宋鎮豪、〔俄〕瑪麗婭（M. L. Menshikova）主編；俄羅斯國立愛米塔什博物館，中國社會科學院歷史研究所編著：《俄羅斯國立愛米塔什博物館藏殷墟甲骨》（上海：上海古籍出版社，2013 年）

16. 林宏明：《醉古集——甲骨的綴合與研究》（臺北：萬卷樓圖書股份有限公司，2011 年）

17. 林宏明：《契合集》（臺北：萬卷樓圖書股份有限公司，2012 年）

18. 胡厚宣：《蘇德美日所見甲骨集》（四川：四川辭書出版社，1988 年）

19. 胡厚宣主編：《甲骨文合集》（北京：中國社會科學出版社，1999 年）

20. 姚孝遂、肖丁：《小屯南地甲骨考釋》（北京：中華書局，1985 年）

21. 姚孝遂、肖丁：《殷墟甲骨刻辭摹釋總集》（北京：中華書局，1988 年）

22. 姚孝遂、肖丁：《殷墟甲骨刻辭類纂》（北京：中華書局，1989 年）

23. 郭沫若：《殷契粹編》（北京：科學出版社，1965 年）

24. 郭錫良：《漢字古音手冊》（北京：北京大學，1986 年）

25. 曹錦炎、沈建華編著：《新編甲骨文字形總表》（香港：中文大學，2001 年）

26. 曹錦炎、沈建華編著：《甲骨文校釋總集》（上海：上海辭書，2006 年）

27. 曹錦炎、沈建華編著：《甲骨文字形表》（上海：上海辭書，2006 年）

28. 黃天樹主編：《甲骨拼合集》（北京：學苑出版社，2010 年）

29. 黃天樹主編：《甲骨拼合續集》（北京：學苑出版社，2011 年）

30. 黃天樹主編：《甲骨拼合三集》（北京：學苑出版社，2013 年）

31. 彭邦炯，謝濟，馬季凡編：《甲骨文合集補編》（北京：語文出版社，1999 年）

32. 董作賓：《殷曆譜》（台北：中央研究院歷史語言研究所，1992 年）

33. 楊郁彥：《甲骨文合集分組分類總表》（台北：藝文印書館，2005 年）

34. 劉克甫：《愛米塔什博物館所藏甲骨綜合研究》（台灣：淡江大學俄羅斯研究所，2002 年）

35. 蔡哲茂：《甲骨綴合集》（臺北：蔡哲茂個人發行，1999 年）

36. 蔡哲茂：《甲骨綴合續集》（臺北：文津出版社，2004 年）

37. 蔡哲茂主編:《甲骨綴合彙編》(新北:花木蘭出版社,2011 年)

38. 劉釗、洪颺、張新俊編纂:《新甲骨文編》(福州:福建人民出版社,2009 年)

39. 嚴一萍:《甲骨綴合新編》(台北:藝文印書館,1975 年)

近代專書

1. 于省吾:《甲骨文字釋林》(北京:中華書局,1979 年)

2. 王宇信、徐義華著,宋鎮豪主編:《商代國家與社會》(北京:中國社會科學出版社,2010 年)

3. 方稚松:《殷墟甲骨文五種記事刻辭研究》(北京:線裝書局,2009 年)

4. 何琳儀:《戰國文字通論》(北京:中華書局,1989 年)

5. 林澐:《古文字研究簡論》(長春:吉林大學出版社,1986 年)

6. 林澐:《古文字學簡論》(北京:中華書局,2012 年)

7. 朱芳圃:《殷周文字釋叢》(臺北:學生書局,1972 年)

8. 朱歧祥:《殷墟甲骨文字通釋稿》(臺北:文史哲出版社,1987 年)

9. 朱歧祥:《甲骨學論叢》(臺北:臺灣學生書局,1992 年)

10. 朱歧祥:《甲骨文字學》(臺北:里仁書局,2002 年)

11. 朱歧祥:《釋古疑今——甲骨文、金文、陶文、簡文存疑論叢》(臺北:里仁書局,2015 年)

12. 朱歧祥:《亦古亦今之學:古文字與近代學術論稿》(臺北:萬卷樓圖書股份有限公司,2017 年)

13. 朱歧祥編撰、余風等合編:《甲骨文詞譜》(臺北:里仁書局,2013 年)

14. 朱炳海:(Chu Ping-hai)著;戚啟勳編譯:《中國氣候概論》(臺北:季風出版社,1978 年)

15. 朱鳳瀚:《中國青銅器綜論》(上海:上海古籍出版社,2009 年)

16. 李孝定:《漢字的起源與演變論叢》,(臺北:台灣聯經出版社,1986 年)

17. 李孝定:《讀說文記》(臺北:中央研究院歷史語言研究所,1988 年)

18. 李宗焜主編:《古文字與古代史》第二輯(臺北:中央研究院歷史語言研究所,2009 年)

19. 李旼姈:《甲骨文例研究》(臺北:台灣古籍出版有限公司,2003 年)

20. 何景成:《甲骨文字詁林補編》,(北京:中華書局,2017 年)

21. 宋鎮豪:《夏商社會生活史》(北京:中國社會科學出版社,1994 年)

22. 宋鎮豪:《商代社會生活與禮俗》(北京:中國社會科學出版社,2010 年)

23. 季旭昇:《說文新證》(福建:福建人民出版社,2010 年)

24. 竺可禎:《竺可禎全集》(上海:上海教育科技出版社,2004 年)

25. 屈萬里:《殷虛文字甲編考釋》(臺北:聯經出版社,1984 年)

26. 周淑貞、張如一、張超：《氣象學與氣候學》（臺北：明文書局，1997 年）

27. 胡厚宣：《甲骨學商史論叢》二集（河北：教育出版社，1944 年）

28. 董作賓：《甲骨學五十年》（臺北：藝文印書館，1955 年）

29. 董作賓：《董作賓先生全集》·甲編（臺北：藝文印書館，1977 年）

30. 董作賓：《董作賓先生全集》·乙編（臺北：藝文印書館，1977 年）

31. 姚孝遂：《姚孝遂古文字論集》（北京：中華書局，2010 年）

32. 姚萱：《殷墟花園莊東地甲骨卜辭的初步研究》（北京：線裝書局，2006 年）

33. 郭沫若：《殷契粹編考釋》（東京：求文堂書店，1937 年）

34. 馬如森：《殷墟甲骨文引論》（長春：東北師範大學，1993 年）

35. 唐蘭：《古文字學導論》（臺北：樂天出版社，1970 年）

36. 唐蘭：《殷墟文字記》（北京：中華書局，1981 年）

37. 唐蘭：《中國文字學》（上海：上海書店，1991 年）

38. 孫亞冰、林歡著，宋鎮豪主編：《商代地理與方國》（北京：中國社會科學出版社，2010 年）

39. 馮時：《古文字與古史新論》（臺北：台灣書房，2007 年）

40. 許進雄：《簡明中國文字學》修訂版（北京：中華書局，2009 年）

41. 許進雄：《許進雄古文字論集》（北京：中華書局，2010 年）

42. 許錟輝教授七秩祝壽論文集編輯委員會編：《許錟輝教授七秩祝壽論文集》（臺北：萬卷樓圖書股份有限公司，2004 年）

43. 張光裕、黃德寬主編：《古文字學論稿》（安徽：安徽大學出版社，2008 年）

44. 張桂光：《古文字論集》（北京：中華書局 2004 年）

45. 張政烺：《甲骨金文與商周史研究》，（北京：中華書局，2012 年）

46. 陳年福：《甲骨文詞義論稿》，（上海：上海古籍出版社，2007 年）

47. 陳昭容主編：《古文字與古代史》（臺北：中央研究院歷史語言研究所，2007 年）

48. 陳泰然：《天氣學原理》（臺北：聯經出版社，1989 年）

49. 陳夢家：《殷墟卜辭綜述》（北京：中華書局，1988 年）

50. 陳煒湛：《甲骨文田獵刻辭研究》（廣西：廣西教育出版社，1995 年）

51. 陳煒湛：《甲骨文論集》（上海：上海古籍出版社，2003 年）

52. 陳劍：《甲骨金文考釋論集》（北京：線裝書局，2007 年 4 月）

53. 黃天樹：《殷墟王卜辭的分類與斷代》（臺北：文津出版社，1991 年）

54. 黃天樹：《黃天樹甲骨金文論集》（北京：學苑出版社，2014 年）

55. 黃錫全：《古文字論叢》（臺北：藝文印書館，1999 年）

56. 黃德寬：《漢字理論叢稿》（北京：商務印書館，2006 年）

57. 裘錫圭：《古文字論集》（北京：中華書局，1992 年）

58. 裘錫圭：《文字學概要》（臺北：萬卷樓圖書股份有限公司，1993 年）

59. 裘錫圭：《裘錫圭學術文集》（上海：復旦大學，2012 年）

60. 魯實先講授，王永誠編輯：《甲骨文考釋》（臺北：里仁書局，2009 年）

61. 趙平安：《新出簡帛與古文字古文獻研究》（北京：商務印書館，2009 年）

62. 楊樹達：《積微居金文說‧新識字之由來》（臺北：大通書局，1971 影印本）

63. 鄭張尚芳：《上古音系》（上海：上海教育，2003 年）

64. 鄭振峰：《甲骨文字構形系統研究》（上海：上海教育出版社，2006 年）

65. 劉風華：《殷墟村南系列甲骨卜辭整理與研究》（上海：上海古籍出版社，2014 年）

66. 劉昭民：《中華氣象學史》（臺北：商務出版社，1980 年）

67. 劉昭民：《中國歷史上氣候之變遷》（臺北：臺灣商務印書館，1992 年）

68. 劉釗：《古文字考釋叢稿》（湖南：岳麓書社，2005 年）

69. 劉釗：《古文字構形學》（福建：福建人民出版社，2006 年）

70. 劉桓：《甲骨集史》（北京：中華書局，2008 年）

71. 劉翔、陳抗、陳初生、董琨：《商周古文字讀本》（北京：語文出版社，2002 年）

72. 謝世俊：《中國古代氣象史稿》（重慶：重慶出版社，1992 年）

73. 鍾柏生：《殷商卜辭地理論叢》（臺北：藝文印書館，1989 年）

74. 韓耀隆：《中國文字義符通用釋例》（臺北：文史哲出版社，1987 年）

75. 魏慈德：《殷墟花園莊東地甲骨卜辭研究》（臺北：台灣古籍，2006 年）

76. 嚴一萍：《甲骨古文字研究》第一輯（臺北：藝文印書館，1976 年）

77. 嚴一萍：《甲骨學》（臺北：藝文印書館，1978 年）

78. 嚴一萍：《甲骨古文字研究》第二輯（臺北：藝文印書館，1989 年）

79. 饒宗頤：《殷代貞卜人物通考》（香港：中文大學，1959 年）

80. 饒宗頤：《甲骨文通檢》（香港：香港中文大學，1995 年）

81. 饒宗頤：《饒宗頤二十世紀學術文集》（臺北：新文豐，2003 年）

期刊、論文集論文

1. 于省吾：〈釋夕〉，《甲骨文字釋林》（北京：中華書局，1979 年）

2. 于省吾：〈釋𣶒〉，《甲骨文字釋林》（北京：中華書局，1979 年）

3. 于省吾：〈釋从雨〉，《雙劍誃殷契駢枝三編》（北京：中華書局，2009 年）

4. 王子揚：〈釋甲骨文中的「阱」字〉，《文史》，第 119 輯，（北京：中華書局，2017 年）

5. 王玉哲：〈甲骨、金文中的「朝」與「明」字及其相關問題〉，《殷墟博物苑苑刊創刊號》（1989 年 8 月）

6. 王磊：〈《現代漢語詞典》中「珥」的釋義和收詞問題商榷〉，《安徽文學》，第 3 期，（2008 年）

7. 王蘊智：〈釋「豸」、「希」及與其相關的幾個字〉，《字學論集》（鄭州：河南美術出版社，2004 年）

8. 王蘊智、趙偉：〈《殷墟花園莊東地甲骨‧摹本》勘誤〉，《鄭州大學學報》，第 40 卷，第 3 期，（2007 年 5 月）

9. 中國社會科學院考古研究所安陽工作隊：〈1986～1987 年安陽花園莊南地發掘報告〉，《考古》第 1 期（1992 年）

10. 中國社會科學院考古研究所安陽工作隊：〈1991 年安陽花園莊東地、南地發掘簡報〉，《考古》第 6 期（1993 年）

11. 中國社會科學院考古研究所安陽工作隊：〈河南安陽市洹北花園莊遺址 1997 年發掘簡報〉，《考古》第 10 期（1998 年）

12. 田倩君：〈釋朝〉，《中國文字》，第 7 冊，（1962 年）

13. 田倩君：〈釋莫〉，《中國文字》，第 7 冊，（1962 年）

14. 司禮義（Paul L-M Serruys），Studies in the Language of the Shang Oracle Inscriptions（〈商代卜辭語言研究〉），《通報》，1974，卷 60，I－3，頁 25～33。又見其〈關於商代卜辭語言的語法〉，《中央研究院國際漢學會議論文集‧語言文字組》（1981 年）

15. 朱歧祥：〈甲骨文一字異形研究〉，《甲骨學論叢》（臺北：學生書局，1992 年）

16. 朱歧祥：〈釋示冊〉，《甲骨學論叢》（臺北：臺灣學生書局，1992 年）

17. 朱歧祥：〈《殷墟花園莊東地甲骨釋文》正補〉，許錟輝教授七秩祝壽論文集編輯委員會編：《許錟輝教授七秩祝壽論文集》（臺北：萬卷樓圖書股份有限公司，2004 年）

18. 朱歧祥：〈阿丁考—由語詞系聯論花東甲骨的丁即武丁〉，《殷都學刊》，第 2 期，（2005 年）

19. 李宗焜：〈卜辭所見一日內時稱考〉，《中國文字》新 18 期，（臺北：藝文印書館，1994 年）

20. 李宗焜：〈論殷墟甲骨文的否定詞「妹」〉，《中央研究院歷史語言研究所集刊》，第 66 本，第 4 分，（1995 年）

21. 李宗焜：〈論卜辭讀為「夜」的「亦」—兼論商代的夜間活動〉，《中央研究院歷史語言研究所集刊》，第 82 本第 4 分（臺北：中央研究院歷史語言研究所，2011 年 12 月）

22. 李學勤：〈論殷墟卜辭的「星」〉，《鄭州大學學報》，第 4 期，（1981 年）

23. 李學勤：〈灃溪發現的乙卯尊及其意義〉，《文物》，第 7 期（1986 年）

24. 李學勤：〈釋「郊」〉，《文史》，第 36 輯，（北京：中華書局，1992 年）

25. 李學勤：〈說郭店簡「道」字〉，《簡帛研究》，第 3 輯，（1998 年）

26. 李學勤：〈論殷墟卜辭的新星〉，《北京師範大學學報》，第 2 期，（2000 年）

27. 李學勤：〈續說「鳥星」〉，《夏商周年代學箚記》，（遼寧：遼寧大學出版社，1999 年）

28. 李學勤:〈從兩條《花東》卜辭看殷禮〉,《吉林師範大學學報》,第 3 期,(2004 年 6 月)。

29. 沈培:〈說殷墟甲骨卜辭的「枛」〉,《原學》,第三輯,(北京:中國廣播電視出版社,1995 年)

30. 沈兼士:〈希殺祭古語同源考〉,《輔仁學志》,第 8 卷,第 2 期,(1939 年 12 月)

31. 沈建華:〈釋卜辭中方位稱謂「陰」字〉,《古文字研究》,第二十四輯,(北京:中華書局,2002 年)

32. 何景成:〈說「列」〉,《中國文字研究》,第二輯,(河南:大象出版社,2008 年)

33. 何景成:〈甲骨文「督」字補釋〉,《中國文字研究》第 14 輯,(鄭州:大象出版社,2011 年)

34. 宋鎮豪:〈試論殷代的紀時制度——兼論中國古代分段紀時制〉,《考古學研究(五)——鄒衡先生七十五華誕紀念文集》(北京:科學出版社,2003 年)

35. 竺可楨:〈中國近五千年氣候變遷的初步研究〉,《考古學報》,第 1 期(1972 年)

36. 竺可禎:〈日中黑子與世界氣候〉,《竺可禎全集》(上海:上海教育科技出版社,2004 年)

37. 竺可禎:〈中國歷史上之氣候變遷〉,《竺可禎全集》(上海:上海教育科技出版社,2004 年)

38. 吳富山、王魁山、符長鋒:〈河南省汛期降水的天氣季節特徵〉,《氣象學報》,第 57 卷,第 3 期(1999 年 6 月)

39. 林澐:〈甲骨文中的商代方國聯盟〉,《古文字研究》,第 6 輯,(1981 年 11 月)

40. 林澐:〈小屯南地發掘與殷墟甲骨斷代〉,《古文字研究》,第 9 輯,(1984 年)

41. 林澐:〈考釋古文字的途徑〉,《古文字研究簡論》(長春:吉林大學出版社,1986 年)

42. 徐中舒:〈怎樣考釋古文字〉,《出土文獻研究》,第 1 期,(1985 年)

43. 徐中舒:〈怎樣研究中國古代文字〉,《川大史學‧徐中舒卷》(成都:四川大學出版社,2006 年)

44. 胡厚宣:〈氣候變遷與殷代氣候之檢討〉,《甲骨學商史論叢》二集(河北:教育出版社,1944 年)

45. 徐富昌:〈從甲骨文看漢字構形方式之演化〉,《臺灣大學文史哲學報》,第 64 期,(2006 年 5 月)

46. 姚孝遂:〈商代的俘虜〉,原載於《古文字研究》第一輯(北京:中華書局,1979 年),又收於《姚孝遂古文字論集》(北京:中華書局,2010 年)

47. 姚孝遂:〈牢宰考變〉,原載於《古文字研究》第 9 輯(北京:中華書局,1984 年),後收於《姚孝遂古文字論集》(北京:中華書局,2010 年)

48. 姚孝遂:〈再論古漢字的性質〉,《古文字研究》,第 17 輯,(1989 年)

49. 姚孝遂:〈甲骨文形體結構分析〉,《古文字研究》,第 20 輯,(2000 年)

50. 高明:〈古體漢字義近偏旁通用例〉,《中國古文字學通論》(北京:中華書局,1996年)

51. 郭靜云:〈由商周文字論「道」的本義〉,宋鎮豪主編:《甲骨文與殷商史》,新 1 輯,(北京:線裝書局,2009 年)

52. 曹錦炎:〈甲骨文地名字構形試析〉,《殷都學刊》,第 3 期,(1990 年)

53. 許進雄:〈工字是何象形〉,《許進雄古文字論集》(北京:中華書局,2010 年)

54. 陳冠榮:〈論殷墟花園莊東地甲骨中「𢍌」字——兼談玉器「玦」〉,《東華中國文學研究》,第 11 期,(2012 年)

55. 陳冠榮:〈花東甲骨卜辭中的「霋」字與求雨的關係〉,《第二十八屆中國文字學國際學術研討會論文集》(臺北:國立臺灣大學,2017 年)

56. 陳啟賢、徐廣德、何毓靈:〈花園莊 54 號墓出土部分玉器略論〉,于明編:《如玉人生:慶祝楊伯達先生八十華誕文集》(北京:科學出版社,2006 年)

57. 陳劍:〈殷墟卜辭的分期分類對甲骨文字考釋的重要性〉,陳劍:《甲骨金文考釋論集》(北京:線裝書局,2007 年 4 月)

58. 陳劍:〈說「安」字〉,《甲骨金文考釋論集》(北京:線裝書局,2007 年 4 月)

59. 陳劍:〈釋造〉,《甲骨金文考釋論集》

60. 陳劍:〈說花園莊東地甲骨卜辭的「丁」——附:釋「速」〉,《甲骨金文考釋論集》(北京:線裝書局,2007 年 4 月)

61. 陳劍:〈據郭店簡釋讀西周金文一例〉,《甲骨金文考釋論集》(北京:線裝書局,2007 年 4 月)

62. 陳劍:《釋「屮」》,《出土文獻與古文字研究》,第三輯,(上海:復旦大學出土文獻與古文字研究中心,2010 年)

63. 陳煒湛:〈卜辭月夕辨〉,《甲骨文論集》(上海:上海古籍出版社,2003 年)

64. 陳煒湛:〈甲骨文異字同形例〉,《甲骨文論集》(上海:上海古籍出版社,2003 年)

65. 黃天樹:〈殷墟甲骨文「有聲字」的構造〉,《歷史語言研究所集刊》,第 76 本,第 2 分卷,(2005 年)

66. 黃天樹:〈讀契雜記(三則)〉之三「甲骨文『晶』、『曐(星)』考辨」,《黃天樹古文字論集》(北京:學苑出版社,2006 年)

67. 黃天樹:〈說甲骨文的「陰」和「陽」〉,《黃天樹古文字論集》(北京:學苑出版社,2006 年)

68. 黃天樹:《讀契雜記(三則)》之三「甲骨文『晶』、『曐(星)』考辨」,《黃天樹古文字論集》(北京:學苑出版社,2006 年)

69. 黃天樹:〈殷墟甲骨文所見夜間時稱考〉,《黃天樹古文字論集》(北京:學苑出版社,2006 年)

70. 黃天樹:〈甲骨文「多」字補論〉,《黃天樹古文字論集》(北京:學苑出版社,2006 年)

71. 單育辰：〈說甲骨文中的「豖」〉，《出土文獻》，第九輯，（上海：中西書局 2016年）

72. 彭慧賢：〈商末紀年、祭祀類甲骨研究〉，《元培學報》第 16 期（2009 年 12 月）

73. 黃錫全：〈甲骨文字叢釋〉，《古文字論叢》（臺北：藝文印書館，1999 年）

74. 趙平安：〈「達」字兩系說──兼釋甲骨文所謂「途」和齊金文中所謂「造」字〉，《新出簡帛與古文字古文獻研究》（北京：商務印書館，2009 年）

75. 劉一曼、曹定雲：〈殷墟花園莊東地甲骨卜辭考釋數則〉，《考古學集刊》，第 16 期，（2005 年）

76. 劉釗：〈卜辭所見的軍事活動〉，《古文字研究》，第 16 輯，（1989 年）。

77. 劉釗：〈甲骨文字考釋〉，《古文字研究》，第 19 輯，（1992 年）

78. 劉釗：〈釋「龏」「龏」諸字兼談甲骨文「降永」一辭〉，《古文字考釋叢稿》（湖南：岳麓書社，2005 年）

79. 劉瓊：〈商湯都亳研究綜述〉，《南方文物》，第 4 期，（2010 年）

80. 楊向奎：〈釋「龡」〉，《甲骨文與殷商史》第 3 輯（上海：上海古籍出版社，1991年）

81. 孫常敘：〈雀屋一字形變說〉，《孫常敘古文字學論集》（吉林：東北師範大學出版社，1998 年）

82. 桂光：〈古文字考釋四則〉，《華南師院學報》（社會科學版），第 4 期，（1982 年）

83. 張玉金：〈釋甲骨文中的「御」〉，《古文字研究》，第 24 輯，（北京：中華書局，2002 年）

84. 張桂光：〈甲骨文「牙」字形義再釋〉，《中國文字》，新 25 期，（1999 年）

85. 張桂光：〈古文字義近形旁通用條件的探討〉，《古文字論集》（北京：中華書局，2004）

86. 張政烺：〈釋甲骨文中「俄」、「隸」、「蘊」三字〉，《甲骨金文與商周史研究》，（北京：中華書局，2012 年）

87. 張政烺：〈釋「因」「蘊」〉，《甲骨金文與商周史研究》（北京：中華書局，2012年）

88. 唐蘭：〈釋羽雩習騽〉，《殷墟文字記》（北京：中華書局，1981 年）

89. 唐際齊：〈釋甲骨文「ؤ」〉，《中山大學研究生學刊（社會科學版）》，第 29 卷，第 2 期，（2008 年）

90. 鄭慧生：〈甲骨卜辭所見商代天文、曆法及氣象知識〉，《中國古代史論叢》，第八輯，（福州：福建人民出版社，1983 年）

91. 裘錫圭：〈論「歷組卜辭」的時代〉，《裘錫圭學術文集》（上海：復旦大學，2012年）

92. 裘錫圭：〈戰國璽印文字考釋三篇〉，《古文字研究》，第 10 輯，（1983 年）

93. 裘錫圭：〈殷墟甲骨文「彗」字補說〉，《裘錫圭學術文集》（上海：復旦大學，2012年）

94. 裘錫圭：〈甲骨文中的見與視〉，《裘錫圭學術文集》（上海：復旦大學，2012 年）

95. 裘錫圭：〈釋「求」〉，《裘錫圭學術文集・甲骨文卷》，（上海：復旦大學，2012 年）

96. 裘錫圭：〈釋「朮月」「林月」〉，《古文字研究》，第 20 輯，（北京：中華書局，2000 年）

97. 裘錫圭：〈殷墟甲骨文字考釋（七篇）〉，《裘錫圭學術文集・甲骨文卷》（上海：復旦大學，2012 年）

98. 董作賓：〈甲骨文斷代文例〉《慶祝蔡元培先生六十五歲論文集》（臺北：中央研究院歷史語言研究所，1933 年）

99. 蔣玉斌：〈釋甲骨文「烈風」〉，《出土文獻與古文字研究》，第六輯，（上海：上海古籍出版社，2015 年 2 月）

100. 蔡哲茂：〈釋殷卜辭的屮（贊）字〉，《東華人文學報》，第十期（花蓮：東華大學人文社會科學學院，2007 年 1 月）

101. 龍宇純：〈甲骨文金文朿字及其相關問題〉，《中央研究院歷史語言研究所集刊》

102. 嚴一萍：〈釋𣲘〉，《中國文字》，第 7 期，（1962 年）

103. 嚴一萍：〈再釋道〉，原載於《中國文字》（臺北：藝文印書館，1965 年）第 15 期，又收於嚴一萍：《甲骨古文字研究》第二輯（臺北：藝文印書館，1989 年）

104. 嚴一萍：〈釋𣪊〉，《甲骨古文字研究》第一輯（臺北：藝文印書館，1976 年）

會議論文

1. 胡雲鳳：〈論殷卜辭中的「亦」字〉，《第二十五屆中國文字學國際學術研討會論文集》（臺北：中國文化大學中國文學系，2014 年 5 月）

2. 蔡哲茂：〈說羽〉，《第四屆中國文字學全國學術研討會論文集》（臺北：大安出版社，1993 年）

3. 蔡哲茂：〈漢字別義偏旁的形成——以甲骨文从「雨」字偏旁為例〉，《甲骨文與文化記憶世界論壇會議用論文集》（臺北：中央研究院歷史語言研究所，2010 年）

學位論文

1. 許學仁：《戰國文字分域與斷代研究》（臺北：臺灣師範大學國文研究所博士論文，1986 年）

2. 陳柏全：《甲骨文氣象卜辭研究》（臺北：國立政治大學中國文學系碩士論文，2004 年 6 月）

3. 楊郁彥：《甲骨文同形字疏要》（臺北：輔仁大學中國文學系博士論文，2004 年）

4. 林秋方：《現代漢語離合詞之教學語法初探》（臺北：國立臺灣師範大學華語文教學研究所碩士論文，2007 年）

5. 邱豔：《殷墟花園莊東地甲骨新見文字現象研究》（上海：華東師範大學碩士論文，2008 年 5 月）

6. 王子揚:《甲骨文字形類組差異現象研究》(北京:首都師範大學博士論文,2011年 11 月)

7. 陳冠榮:《李孝定《甲骨文字集釋》文字考釋》(花蓮:國立東華大學中國語文學系碩士論文,2013 年)

8. 吳家愷:《1990 年初期華南梅雨雨帶往北延伸之探討》,(臺北:臺北市立大學地球環境暨生物資源學系環境教育與資源所碩士論文,2016 年)

外國專書

1. 〔日〕島邦男著,濮毛左、顧偉良譯:《殷墟卜辭研究》(上海:上海古籍出版社,2006 年)

外國論文

1. Wang,B., H. Lin (2002). Rainy season of the asian-pacific summer monsoon. *J.Climate*, **15**, 386-398.

2. Wang,B., Liu, J., Yang, J., Zhou, T., and Wu, Z.(2009). Distinct Principal Modes of Early and Late Summer Rainfall Anomalies in East Asia. *J.Climate*, **22**, 3864-3875.

網路資源

1. 先秦史研究室:http://www.xianqin.org/

2. 教育部異體字字典:http://140.111.1.40/main.htm

3. 復旦大學出土文獻與古文字研究中心:http://www.gwz.fudan.edu.cn/